모든 장소의 기억

모든 장소의 기억

박성진

문학동네

차례

장소

어둠이 가시지 않은 새벽녘 침실, 경박스러운 알람 소리에 잠에서 깨어난다. 부엌으로 가서 물 한 잔을 마시고, 그래도 남아 있는 잠을 쫓기 위해 욕실로 들어간다. 온수를 틀자 눅눅한 대기가 욕실 가득 차오르고, 나는 뿌옇고 노란 조명 아래 선 내 알몸을 쳐다본다. 준비를 마치고 밖으로 나서기 전, 한 평 남짓한 현관에 앉아 신발을 매만지며 오늘 하루를 미리 그려본다.

차에 타 시동을 걸고, 얼어붙은 차창이 녹기를 기다리는 5분. 내게 주어진 오늘 가운데 기다리는 것 말고는 아무것도 하지 않아도 되는 유일한 순간이다. 하지만 그 5분은 차창의 서리처럼 늘 흔적 없이 사라지고 만다.

20여 분 후 도착한 사무실 주차장, 주변에 차가 한 대도 없지만 네모난 주차 구역에 강박적으로 차를 반듯하게 세운다. 가방을 챙겨 계단을 오르고, 빈 복도를 지나 사무실 문을 열고 안으로 들어선다. 무겁게 가라앉은 전날 밤의 냉기를 서둘러 쓸어내고, 오는 길에 카페에서 산 커피 한 모금으로 하루를 시작한다.

오늘 나는 또 어떤 공간과 장소를 배회하며 누군가를 만나고, 떠들고, 쉬고, 놀고, 먹고, 사고, 통화하고, 쓰고, 일하고, 생각할 것인가? 오늘 아침 짧은 시간 동안 있던 침실, 욕실, 현관, 자동차, 카페, 주차장, 계단, 편의점, 사무실에서 난 어떤 일과 감정을 체험했던가? 오늘 오후에는 식당에서 밥을 먹고, 엘리베이터로 빌딩에 오르고, 서점에 가서 책을 고르고, 카페에 들러 사람을 만나고, 편의점에서 껌을 사고, 저녁에는 미용실에서 머리를 자르고 집으로 들어가겠지.

별다른 의식 없이 습관처럼 지나온 매일매일의 다채로운 장소가 나의 일상을 꿰어간다. 단순화하면 물리적으로 다 똑같은 네모난 방에 수렴할지 몰라도, 그곳에 담긴 내용과 사람, 그리고 그 안에서 일어나는 행위와 욕망에 따라 분위기가 달라진다. 그 분위기가 나의 감정을 타고 들어와 희로애락을 만든다.

지극히 가깝고 일상적인 보통의 장소에 관심을 기울이는 사람이 많진 않다. 매일 공기처럼 숨쉬는 곳이기 때문일까. 그리

대단하거나 특별할 게 없는 곳이기에, 짧은 순간 스쳐 지나치는 공간이기에 그곳의 정서와 고유함을 느끼지 못한다. 이 사소한 공간들이 우리에게 어떤 의미이며, 그 속에서 우리가 무엇을 느끼고 경험하는지 알아차리지 못한다면 우리 생활의 절반은 그냥 지나가고 사라질 것이다. 언 차창의 서리처럼 말이다. 하지만 나는 그런 사소함을 이야기하고 싶었다. 일상이 차곡차곡 쌓여 인생이 되기에.

멀고 가까운 지난 시간, 나의 일상이 머물고 스쳐간 장소에 대한 기억을 사람들과 나누고 싶어 이 책을 썼다. 시간 순서대로 나열하지 않고, 그곳에 관한 기억을 더듬어가며 콜라주했다. 본문 속 사진은 모두 인스타그램 사용자 분들께 허락을 구해 실었다. 낯선 이에게 호의를 베풀어주신 다정함에 깊이 감사드린다. 저마다의 장소에 새겨진 다른 사람들의 기억도 언젠가 들을 수 있기를 바란다.

2021년 봄

박성진

병원

사람이 머무는 공간에는 창문이 필요하다. 가끔 미술관과 공연장, 쇼핑몰, 백화점처럼 용도와 목적에 따라 창문이 없는 공간도 있지만 집, 사무실, 카페, 레스토랑, 학교 등 웬만한 곳에는 창이 꼭 필요하다. 심지어 창가 자리를 차지하려고 다툼이 일어나기도 한다. 창문은 환기와 채광이라는 기능적 역할 때문에도 필요하지만, 고층 빌딩에서 창은 세상을 내려다보는 시선의 권력과 쾌감을 주기도 한다. 그런데 그 어떤 곳보다 창문이 절실한 공간이 있다. 바로 병원이다.

나이 마흔을 넘기니 이젠 콧물 훌쩍이는 애들을 데리고 가기도 하고 연세가 들어 지병이 생긴 부모님을 모시고 가기도 하며, 가끔은 내 몸에 이상이 생겨 병원에 간다. 그러다보니 한 달에 서너 번 가는 건 예삿일이다. 며칠 전 어머니가 고관절 인공관절수술을 받고 입원하셔서 매주 두세 번은 병원에 간다. 수술 후 6주 입원 계획을 잡아놓아 병원이 잠시 어머니의 집이 된 셈이다.

수술하기 위해 어머니를 모시고 대학로 서울대학교병원에 처음 갔을 때, 왁자지껄한 병원 풍경에 화들짝 놀랐다. 바겐세일 기간 백화점 행사 코너나 막 열차가 도착해 사람들을 쏟아낸 기차역 풍경이 이보다 더할까? 혈액검사하려고 번호표를 뽑고 기다리는데, 주말 쇼핑몰 프랜차이즈 카페에서 커피를 기다리는 느낌이 드는 건 왜일까? 어딜 가든 번호표를 뽑고 반쯤 포기한 상태가 되었을 때쯤 어머니 차례가 되었다. 어머니가 무사히 수술을 마치고 배정받은 입원실 모습도 마찬가지였다. 어느 자리든 들어갈 수만 있으면 그것으로 감지덕지한 상황이었다. 병원은 기본적으로 관리자 중심의 건조한 중복도 입원실 구조를 취한다. 종합병원의 경우 설비의 복잡함과 관리상 효율성 때문에 거의 모든 병실이 중복도로 되어 있다.

수술을 마치고 침대에 누워 있는 어머니의 시선이 어디로 향할지 몰랐다. 한 걸음도 움직일 수 없는 어머니의 몸 곳곳에서 가는 신음이 계속 새어나왔다. 6인실 출입구 바로 옆 복도편 자리라 주변을 둘러보아도 꽉 막힌 벽과 얇은 막이 다였다. 어머니의 시선은 어느 한곳에 머물지 못하고 미끄러지듯 계속 이곳저곳을 방황했다. 그래봤자 별 차이 없는 벽들과 천장, 그리고 흰 장막뿐인걸…… 창문에서 가장 먼 어머니의 자리는 얄팍하고 차가운 인공조명에 의지하는 상황이었다. 어머니 안색이 더 창백해 보이는 것은 볕이 들지 않는 자리라서일까? 그렇게 4주를 보내고 나서야 어머니는 작은 창문 하나를 갖는 자리로 옮길 수 있었다. 나중에 안 사실이지만 어머니가 수간호사와 치열한 줄다리기와 언쟁을 벌인 끝에 쟁취한 결과였다.

"성진아, 이제 날씨가 많이 풀렸나봐. 사람들이 옷을 좀 가볍게 입고 다니네."

병문안을 간 어느 2월 마지막날, 어머니는 그 작은 창문을 통해 세상과 소통하고 있었다. 어머니에게 창문은 밝은 햇빛과 맑은 공기를 받아들이는 구멍을 넘어, 아프고 힘든 지금의 시간을 넘어 일상으로 복귀하라고 계속 독려하고 응원하는 희망의 창구였다. 햇살 좋은 봄날 통증 없이 편안하게 걸어서 산책할 수 있다는 축복을 상기시키며 말이다. 어떻게 보면 수술이라는 잠깐의 고통과 두려움보다, 6주 동안 움직일 수 없이 침대에 갇혀 있어야 한다는 상황이 더 극복하기 어려울지도 모른다. 건축가 정기용은 무주의 노인요양원 작업에서 사용자들의 영혼이 머물

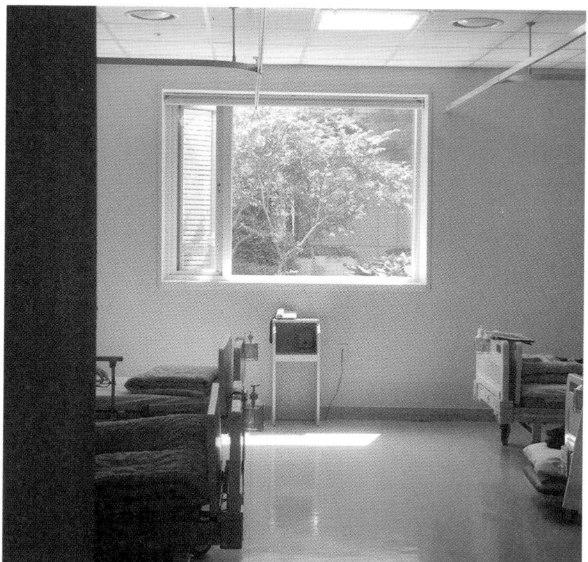

@wonawona6854

수 있는, 세상과 연결해주는 작은 창 하나에서 설계를 시작했다고 하지 않았던가.

이전 자리에서는 시선을 어디에 둘지 몰라하시던 모습과 달리 창가자리에선 어머니의 눈동자가 너무 편안하고 안정되어 보였다. 창밖을 바라보는 눈가엔 간간이 미소가 스며든다. 성과 속, 생과 사, 환희와 고통, 인간과 신, 기쁨과 아픔, 희망과 좌절이 공존하는 병원. 이곳에서 작은 창문은 일상을 향한 의지를 다지고 새로운 자신을 꿈꾸게 하는 희망의 그림이었다.

어머니가 병원에서 퇴원하고 얼마 지나지 않아, 나는 다시 하루걸러 병원에 드나들기 시작했다. 이번에는 폐암 병력이 있으신 아버지가 동네 병원에서 받은 내시경 검사에서 대장암이 발견됐다. 다행히 초기라서 간단한 수술이라고 했는데, 문제는 약해진 폐에 찾아든 폐렴이었다. 일주일이면 걸어서 퇴원할 거라던 동네 병원 의사의 말과 달리 대장암 수술 후 아버지는 폐에 가득찬 염증 때문에 결국 이상한 기계로 둘러싸인 중환자실에서 수면 상태로 기계호흡 치료를 받게 됐다.

처음엔 이 치료법이 무언지 잘 몰랐다. 아버지는 열흘을 꼬박 의식 없이 약물 수면 상태에서 기계에 의존해 호흡하며 치료를 받았다. 입과 코엔 서너 개의 튜브가 삽입됐고, 목이며 손 할 것 없이 주삿바늘이 꽂혔다. 창도 없이 사방이 벽으로 둘러싸인 세 평 남짓한 공간은 치료 기계들로 꽉 차 있었다. 중환자실은 삶의 기로에 놓인, 의식을 간신히 부여잡고 있는 사람들이 있는 곳이다. 생사가 오가는 상황에서 삶을 향한 찬가로 가득차 있어야 할 중환자실이 오히려 생명력이라곤 느껴지지 않는 기계로 가득차 있었다. 의식 없이 누워 있는 아버지와 그를 둘러싼 꽉 막힌 입원실을 볼 때마다 삶의 마지막 공간이 될 수도 있는 중환자실이 좀더 따스하고 인간적인 분위기이면 안 되는 걸까 하는 생각이 계속 들었다. 병실마다 따스한 햇볕이 스며드는 작은 창이라도 하나씩 있었으면……

수면 상태에서 깨어난 아버지는 섬망에 시달렸다. 섬망이란 것도 이때 처음 알게 됐다. 수면치료의 후유증으로 생기는데, 헛것이 보이며, 기억장애가 발생하고, 가벼운 환각과 환청에 시달리는 치매 초기와 비슷한 증상이라고 한다. 그런데 의사 말이 섬망은 계속 중환자실에 있으면 호전되지 않고 일반 병동으로 올라가야 빨리 회복된다고 했다. 왜 그럴까 하는 의심이 들어 의사에게 그 이유를 물었다. "열린 공간에서 가족과 함께 있어야 다시 돌아와요. 이렇게 밀폐된 곳에서 혼자 지내면 더 악화되고 어려워져요."

결국 약물 때문에 생긴 증상이지만 공간과 사람이 마음의 병을 몰아낸다는 것이다. 아버지를 찾을 때마다 건강한 사람도 이렇게 갇힌 공간에서 침대에 양손이 묶여 있다면 몸과 마음에 병이 스며들 것 같다는 느낌이 들었다. 그러니 조그만 창문은 이곳에서 경치를 감상하고 여유를 누리게 해줄 사치의 수단이 아니라, 시들어가는 생명을 일으켜세우고, 어쩌면 그들을 위해 세상의 마지막 찬가를 들려줄 통로인 것이다.

아버지가 수면 상태에서 깨어난 후 중환자실에서 온갖 소동과 난동을 벌였고, 일주일쯤 지나 일반 병실로 올라갔다는 소식을 들었다. 다음날 새로운 병실을 찾았을 때 아버지의 표정을 잊지 못한다. 아버지는 아주 넓고 환한 창가 자리에 누워 있었다. 미소를 짓고 있지도, 나를 밝게 마주하며 말을 건네지도 않았지만 아버지의 메마른 얼굴에선 불안과 초조 대신 옅은 안온함이 묻어났다. 그곳은 저멀리 신촌 풍경이 굽어보이는 자리였다. 창밖으로 산들이 계절의 변화와 병원 밖 시간의 풍경을 보여주고 있었다. 여전히 밤에는 가벼운 섬망 증세가 찾아왔지만, 낮이면 아버지는 창밖에 시선을 두며 얕은 상념에 빠지곤 했다. 나도 특별히 이야깃거리를 찾기보다는 그 옆에 앉아 아버지가 바라보는 창밖 풍경을 같이 바라보며 시간을 보냈다. 생의 감각을 일깨우는 그 시간을 함께하면서.

어린이집

요즘 나의 상황을 가장 여실히 보여주는 곳은 어디일까? 사무실? 하지만 요즘 같은 디지털 유목 시대엔 사무실이 없어도 충분히 일할 수 있다. 편의점? 집 주변에 없으니 간절하고 불편하긴 하지만 그냥 좀 참고 살 수 있다. 거두절미하고 지난 10년간 내 상황을 가장 잘 대변해왔으며 당분간 계속 그럴 곳은 어린이집이다. 어린이집이 내게 이토록 중요하고 대체 불가능한 공간이 된 이유는 내가 세 아이의 아빠이기 때문이다.

인생에서 가장 중요한 단어 하나를 꼽으라면 나는 단호하게 '계획'이라고 쓸 것이다. 작은 일 하나를 하더라도 촘촘히 계획을 세우고, 일정표를 짜고, 하루-일주일-한 달 단위로 할일을 정리

한다. 매주 월요일 사무실에 출근해서 가장 먼저 하는 성스러운 의식이 주간 업무 계획을 짜는 것이다. 그러니 내가 가장 싫어하는 것 중 하나가 갑자기 전화해서 무턱대고 오늘 저녁에, 아니 지금 당장 보자고 하는 사람들이다. 계획에 없던 일이나 인물이 나타나면 그날은 모든 게 꼬여버려 찜찜한 기분이 든다. 지금껏 웬만한 일들은 다 계획해왔다. 진학과 취업, 결혼과 유학, 퇴사와 독립, 내 집 마련과 전원생활 등 시간이 걸리고 결심이 어려웠던 일은 있지만 계획하지 않은 건 없었다. 이런 내 인생에서 유일하게 계획되지 않았던 일이 바로 아이들이다. 물론 첫째는 철저한 계획과 노력 속에서 가졌지만 둘째는 아내의 끈질긴 설득과 요구 끝에 태어났고, 셋째는 아무도 예상치 못한 탄생이었다. 이 책을 막 쓰기 시작하던 2019년 봄에 셋째가 태어났다.

2009년 걷지도 못하는 10개월 된 딸아이를 안고 스페인 세비야의 어린이집을 찾은 게 첫 방문이었다. 스페인 체류 목적이 아내의 유학이었고, 내 본분은 육아였기에 나는 딸아이를 어린이집에 등원시키고, 발표 수업을 참관하고, 하원 시간에 맞춰 아이를 만나 어린이집 실내놀이터에서 함께 노는 것이 가장 중요한 일과였다. 한국으로 돌아와 첫째가 어린이집을 졸업할 때쯤 네 살 터울 둘째 시환이의 본격적인 어린이집 생활이 시작되었고, 또 4년이 지나 둘째가 초등학교에 들어갈 무렵 두 살배기

셋째의 등원이 시작됐다. 네버 엔딩 어린이집이다. 지금까지 아이 셋을 키우며 거친 어린이집만 해도 어림잡아 열 곳은 된다.

특히 셋째는 내가 매일 아침 출근길에 데려다준다. 내 출근 시간과 등원 시간이 맞지 않아 아이를 태우지 않았는데도 습관적으로 어린이집 방향으로 차를 몰고 간 적도 있고, 반대로 아이를 태우고도 어린이집을 지나쳐 내 사무실로 간 적도 있다. 또 일주일에 두 번 대학 강의를 나가는 아내를 대신해 셋째의 하원까지 맡는데, 늘 시간에 쫓겨 허겁지겁 어린이집으로 향하곤 한다. 2009년부터 지금까지 그래왔으며, 셋째 한결이가 초등학교에 입학하는 2026년까지 앞으로 5년은 더 어린이집을 드나들어야 한다. 내 인생에서 이렇게 오랫동안 자주, 또 친밀하게 오가는 공간은 앞으로 없을 것 같다.

셋째 한결이의 탄생이 계획되지 않은 일이라 했지만, 아이러니하게 계획 중독자인 내가 요즘 인생의 가장 큰 행복과 기쁨을 느끼는 것은 어린이집에서 셋째를 만날 때다. 어린이집 현관에 선 나를 보고 "엄마!"라고 소리치며('아빠'라는 말을 아직 못해 나에게도 그냥 '엄마'라고 부른다) 환하게 웃으며 달려나오는 막내 한결이. 그 어떤 호사스러운 공간보다 이 두어 평 남짓한 어린이집 현관이 내 가슴을 더 뛰게 만든다. 인생이 때론 계획하지 않고 이렇게 흘러가도 좋으리라.

자동차

오랜만에 비가 내린다. 잔바람을 타고 살며시 내리는 비가 예쁘기만 하다. 이렇게 비 오는 날이면 사람들은 저마다 기분이 달라진다. 창가에 앉아 음악과 커피로 서정을 달래는 이도 있고, 속옷 바람으로 옥상에 올라가 떨어지는 빗방울에 맨몸을 던지는 이도 있다. 누군가는 빈대떡에 막걸리를, 그게 아니면 칼국수에 파전이라도 먹자고 한다. 비를 반기거나 그리워하는 사람도 있고 싫어하거나 귀찮아하는 사람도 있다.

나는 아주 오래전 운전면허를 따기 훨씬 전부터 비만 오면 서울의 택시 기사들이 부러웠다. 그때는 이유를 설명하기 어려웠다. 보름달이 뜨면 솟구치는 늑대인간의 동물적 본능처럼 비만 오면 택시 기사라는 직업에 맹렬한 동경이 일어났다.

막연했던 그 동경의 이유를 운전을 시작하면서 분명히 알게 되었다. 비 오는 날 차를 운전한다는 건 얇은 우비 한 장 걸치고 빗속을 걷는 것과 같다. 비와 나 사이를 가르는 얇은 막은 내게 비가 선사하는 감각의 향연을 선택적 감각으로 전달해준다. 비 오는 날 자동차 안의 느낌도 마찬가지다. 수채화처럼 흘러내리는 차창 밖 풍경과 나는, 어느 감각에 있어선 완전하게 동기화되지만 또다른 감각에서는 완벽하게 동떨어지고 만다. 내 눈은 흠뻑 젖은 세상 속으로 빨려들어가고, 철판 틈새를 비집고 들어온 눅눅한 대기가 내 후각마저 적셔놓는다. 거세게 내리치는 빗방울에 차 안은 작은 울림통이 되고, 내 귀에는 그 간드러지는 소리들이 차고 넘친다. 이렇게 비 내리는 거리의 풍경과 정서는 오히려 차 안에서 더 오롯해진다. 그 이유는 아마도 내가 비에 젖지 않고 비에 빠져든다는 분리와 일체의 이중적 경험구조 때문일 것이다.

자동차의 본질은 기계다. 하지만 이 기계의 구조가 형성해주는 한 평 남짓한 공간은 다른 어떤 건물이나 장소보다 개인화된 내밀한 자기만의 세계를 만들어준다. 버스 같은 큰 차에서는 절대 내 신체와 일체화된 감각을 느낄 수 없다. 5인승 승용차의 운전석은 내가 느낄 수 있는 세상의 제일 작은 공간이다.

@siteandpage

비 내리는 날에는 머리를 잡아 뜯어가며 새로운 뭔가를 짜내고 싶지 않다. 자동차라는 공간에서는 직업상 내게 요구되는 창의에 대한 부담, 완벽해야 한다는 전문가로서의 강박을 비와 함께 쉽게 내려놓을 수 있다. 이런 날에는 다 내려놓고 거리를 배회하고 싶다. 택시 기사가 되어 손님들이 가리키는 목적지를 향해 아무 생각 없이 내달리고 싶다. 이리 가자면 이리 가고, 저리 가자면 저리 가고, 모르겠으면 어디로 갈지 물으면 된다. 가자는 대로 살고 싶다. 필연과 노력에 대한 맹신은 빗속에 씻어버리고 그저 우연에 기대어 한 여름 살아보고 싶다. 그러다가 가리봉동에 가자는 취객을 태우면 혹시 임씨가 아닐지 사연을 슬쩍 묻고, 비에 젖은 승객에게는 말없이 한 줌의 상념을 건네고 싶다. 손님이 없을 때는 커피 한 잔 받아들고, 라디오 선곡으로 긴 시간을 달래고 싶다. 닳아 문드러진 와이퍼가 퉁명스러운 마찰음을 내며 내 시야를 어지럽히지만 대수롭지 않다. 이 정도 소음도 없는 세상살이가 어디 있겠는가.

비 오는 날이면 나는 작은 자동차 안으로 기어들어가고 싶다. 세상의 번잡한 외로움과 압박을 피해 태곳적 고향 같은, 오로지 나만 있고, 나만을 위해 마련된 작은 공간으로…… 엔진의 떨림이 고동치는 심장 소리 같다.

휴게소

"나그네는 길에서도 쉬지 않는다."

정말 근사한 문장이다. 그 의미는 분명치 않지만 이만큼 내 기억 속에 깊이 각인된 문장도 없다. 이제하의 소설 제목인 이 문장은 (소설 내용과는 무관하게) 문장을 이루는 단어들의 관계가 다양한 의미와 사유를 불러일으킨다. 나그네, 길, 쉼…… 나그네는 우리 긴 인생살이의 존재론적 상징이 아닐까? 길을 걷는 나그네가 길에서도 쉬지 않는다면 우리 삶에 마음 편히 쉴 곳은 없다는 말일까? 나그네의 정처 없는 발걸음이 멈춰도 좋은 곳은 어디일까?

고속도로를 정신없이 달리다 휴게소에 들러 잠시 쉴 때면 이 문장이 문득문득 떠오르는데, 내가 지나치게 관념적이거나 문학적인 사람이어서 그런 걸까? 지난밤 충동적으로 결정한 강원도 영월 여행길에 올라 치악휴게소에 들어오니 이 문장이 또 슬그머니 피어오르고 말았다. 지난달 크리스마스에 영월 여행을 계획하고도 독감 때문에 모든 것을 날려버렸던 씁쓸한 기억, 어제저녁 별안간 다시 내린 결심, 그리고 평소 자주 가던 양평휴게소를 지나치고 처음 들어온 치악휴게소. 모든 게 전혀 생각지 못했던 일의 연속이었다. 오직 "나그네는 길에서도 쉬지 않는다"는 문장만 그 모든 충동과 우연 속에 필연적으로 존재하는 것 같다.

좁은 운전석에서 잔뜩 움츠려 있던 근육들을 기지개로 일깨우고, 나른한 햇빛 속에서 숨을 고르며 차가운 겨울 공기를 들이마신다. 설경이 내려앉은 산들이 고속도로와 휴게소 주변을 빼곡히 둘러싸고 있다. 쉴 생각 없이 빠르게 지나쳐가는 차량들이 남기는 휑한 바람 소리만 고립된 산중에 차곡차곡 쌓여간다. 세상의 움직임과 무관하다는 듯 딱 멈춰 있는 이 장소의 분리감. 빠르게 달려가던 길에서 벗어나 멈춰 있지만 왠지 모르게 한결 더 여유로워진다.

휴게소는 여정의 출발이자 끝이다. 여행의 시작에서 가장 먼저 마주하는 비일상적 탈주의 공간이고, 돌아오면서는 여행으로 들떴던 감정을 갈무리하고 일상으로의 복귀를 준비하는 마지막 장소다. 휴게소에서는 여행에 대한 기대감이 배가된다. 목적지에 도착했을 때보다 그곳을 향해 갈 때 설렘이 더 큰 법이다. 그래서인지 나는 언제나 차로 여행할 때면 가끔 목적지보다 이동중에 잠깐씩 머물 휴게소가 더 기다려진다.

기능적으로 휴게소는 화장실, 식당, 주유소의 조합에 불과한데, 이곳은 똥오줌 싸려고 잠깐 들르는 공중화장실이나 주린 배 채우려는 식당 이상의 감정을 불러일으킨다. 왜일까? 아마도 주행중 탈주의 즐거움 때문일 것이고, 고립된 장소의 달콤쌉싸름한 분리감 때문일 것이고, 무엇보다 이곳을 지나가는 사람들의 들뜬 감정 때문일 것이다. 알랭 드 보통은 도로 위의 휴게소를 에드워드 호퍼의 적막하고 외로운 공간들과 비교하지만 그건 우리(혹은 나의) 정서와 다른 것 같다. 휴게소에 온 사람들을 살펴보면 여느 때보다 표정이 밝다는 것을 쉽게 발견할 수 있다. 대화 거리가 마땅치 않던 부자가 라면을 먹으며 이야기를 나누고, 친구들은 간식과 음료를 서로 사겠다고 난리다. 밍밍하니 불어터진 우동도 들뜬 기분을 반찬 삼아 먹으면 맛이 나쁠 리 없다. 휴게소에서 흘러나오는 트로트 리듬에 여행 분위기가 다시 살아난다. 이렇게 비울 건 비우고, 채울 건 채워 가는 곳이 휴게소다.

@siteandpage

비울 것을 비우고 나니, 나는 다시 뭔가로 채우고 싶어졌다. 휴게소에선 평소에 거들떠보지도 않던 간식들을 습관적으로 사고야 만다. 어슬렁거리며 통감자와 쥐포를 사고, 당연한 듯 카페를 찾았다. 아직 아침나절이라 한산한 분위기였다. 그런데,

"어? 진 작가님!"

"앗! 박 편집장님! 여긴 어쩐 일이세요!"

"그러는 진 작가님은 어쩐 일이세요?"

건축사진을 찍는 진 작가를 중앙고속도로 388.1킬로미터의 길 가운데 작은 점에 불과한 이 치악휴게소에서 보게 될 줄이야! 종종 일 때문에 만난 적은 있지만 그래도 1년에 한두 번 얼굴 보기 힘든 그인데 이렇게 예고 없이 만날 거라고는 상상도 못했다. 진 작가는 일과 여행을 겸해 평창에 가던 길이라고. 만약 서울의 거리에서 만났다면 가벼운 눈인사 정도 하고 헤어졌을 텐데, 고속도로 휴게소에서 만나니 서로 낄낄거리며 손뼉까지 마주쳤다.

휴게소는 멈춤의 장소다. 달리던 속도와 목적을 내려놓은 정지된 시간이다. 우리 삶에 설렘과 기대가 있다면 그것은 뛰거나 나아갈 때가 아니라 이렇게 멈춰 있는 순간일 것이다. 나그네들의 설익은 만남과 기쁨은 그런 순간 뜻밖에 찾아온다.

차에 올라 시동을 걸고 다시 출발한다. 이른 아침의 헛헛했

던 느낌은 사라지고 마음과 배에 어느새 온기가 차오른다. 사이드미러에 남겨진 풍경들이 점점 작아져 사라질 때쯤 나는 다시 궁금해진다. 다음 휴게소는 어디쯤일까?

로비

약속보다 30분 일찍 도착해, 남는 시간을 어찌해야 할지 고민됐다. 밖에 나가 커피를 마시자니 시간이 빠듯하고, 그냥 기다리자니 자리가 불편하고…… 잠시 쭈뼛거리다가 결국 로비 한구석 소파에 그냥 주저앉았다. 최근 여의도에 있는 이 대기업 사옥에 업무차 자주 오는데, 올 때마다 이곳 로비는 정말 매력적이지도, 편하지도, 그렇다고 넓지도 않은 어정쩡한 공간이라는 느낌이 들었다. 크고 무겁기만 하지 몇 사람 앉지도 못하는 소파하며, 그 옆을 바짝 지키고 서 있는 딱딱한 안내 데스크, 게다가 몇 걸음 가지 않아 보안 게이트가 로비 동선을 꽉 막고 있다. 경직되고 보수적인 분위기는 이곳 입주 기업들을 정말 쏙

빼닮았다. 나는 속으로 생각한다. '너는 평점 C야!'

로비는 짧은 휴식과 가벼운 만남을 위한 공간으로, 대부분 위에서 내려올 누군가를 기다리며 잠시 머무는 장소다. 건물의 본래 용도가 시작되기 전에 마련한 일종의 버퍼buffer 공간으로, 분명한 쓸모는 없지만 건물과 기업의 이미지를 대외적으로 드러내기 때문에 기업에서 가장 힘쓰는 공간 중 하나다. 건물 내 보안과 출입 통제가 필요하다면 그 경계선이 형성되는 곳도 로비다. 계획상 모든 동선이 통해야 하고, 그러나 딱히 쓸모는 분명치 않은, 닭의 신체에 비유하면 계륵쯤 된다고나 할까?

나는 오래전부터 로비에 관한 책을 따로 집필하고 싶었다. 업무차 여러 기업과 관공서 등을 자주 방문하다보니 로비마다 색다른 점을 발견하게 된 것이다. 사실 건축구조상 도심 고층 빌딩의 1층 로비는 크게 다를 수 없음에도 그 공간이 자아내는 분위기와 문화는 기업마다 사뭇 다르다. 물론 '다르다'라는 나의 인식에는 방문자로서 느낀 좋고 나쁨에 대한 선명한 가치 판단이 숨어 있다.

로비의 좋고 나쁨을 가늠하는 첫번째 요소는 의외로 '사람'이다. 로비를 지키고 있는 사람들의 태도와 위치, 차림새에 따라 분위기가 달라진다. 검은색 정장을 위아래로 갖춰 입고, 허리를 마네킹처럼 꼿꼿이 편 상태로 특별한 볼일 없이 한 발 한

발 기계적으로 공간을 배회하는 보안요원들이 내 일거수일투족을 따라다니며 '넌 왜 들어왔니?'라고 집요하게 추궁하는 상황에서는 아무리 좋은 환경을 갖춘들 좋은 로비가 될 수 없다. 심지어 그냥 시선만 주는 것이 아니라 직접 다가와 용무를 묻는 무개념 로비도 있다. 이런 관점에서, 안내 데스크를 현관 출입구와 정면으로 마주하는 곳에 두는 것도 마뜩잖다. 볼일이 있든 없든 로비에 들어설 때 그들에게 얼굴도장을 찍으라는 말이고, 그들을 무시하고 지나가기라도 하면 십중팔구 뒤에서 "선생님! 어딜 찾아오셨죠?"라며 불러 세운다. 나는 도심을 걷다가 잠시 쉬거나 화장실에 갈 생각으로 주변 건물 로비에 들어가는데, 이렇게 출입구 바로 코앞에 안내 데스크를 둔 곳은 들어서기 전부터 유리문 너머로 보이는 그들의 존재가 불편해 그냥 돌아서곤 한다. 이런 로비는 친절과 안내를 가장한 강압적인 공간이다. 안내 데스크는 로비에 성큼성큼 들어와 한번 옆으로 고개를 돌려 살펴봤을 때 찾을 수 있는 위치에 있는 게 가장 좋다.

제일 꼴불견은 건물 규모는 엄청난데 아예 로비 공간을 두지 않은 인색한 구성이다. 현관에 들어서자마자 바로 보안카드 검색대와 출입 게이트가 있는 곳은 정말이지 도심지 건물 1층에서 로비라는 공간이 가져야 할 공공성에 대한 이해가 없는 경우다. 어쨌든 로비 하나만 봐도 기업의 문화와 개방성, 성숙도, 창의성 등을 어림짐작할 수 있다.

관공서는 태생적으로 로비 공간 인심이 매우 후한 편인데, 반대로 규모가 쓸데없이 큰 경우가 많다. 로비를 어떤 내용과 분위기로 채워야 할지 몰라 그냥 내버려두거나, 아니면 광활한 크기로만 기관의 권위를 드러내기도 한다. 일관성 없는 산만한 분위기에 온갖 대민 서비스와 복지 서비스, 행정 안내를 쑤셔넣으니 누더기가 되기도 한다. 성동구청은 이런 너저분한 구청사 로비를 책 읽는 공간으로 바꾼 신선한 사례를 보여주었다. 로비라는 권위적 공간이 합리적인 문화공간으로 변모하니 지역주민들이 그곳을 사랑방 삼아 찾는 것 같다.

2019년에 나는 아모레퍼시픽 본사 1층 로비에서 '설화문화전'을 기획했는데, 이때 그들의 새로운 로비 문화에 놀랐다. 아모레퍼시픽 본사는 세계적 건축가인 데이비드 치퍼필드가 설계했다. 그 이름에 걸맞게 사옥 외관 디자인이며 고급스러운 재료와 꼼꼼한 시공 디테일은 감탄을 자아낸다. 그러나 그가 이룬 이 건물의 가장 큰 성과는 새로운 로비의 발견이다. 큐빅 같은 거대한 정육면체 형태에, 동서남북 사방에 모두 현관 출입문을 둔 이 건물에서 1층 로비는 하나의 광장이다. 슈트를 입고 돌아다니는 보안요원이 있긴 해도 방문자를 밀어 쫓아내려는 태도가 아니다. 가운데는 ㅁ자로 비어 있고 2층과 3층은 테라스처럼 거길 향해 열려 있다. 유리 천장에서 일렁이는 물빛이 건물 안으로 쏟아져내려와 건물 안에 있어도 개방적인 내부 경관을 느낄 수 있고, 누구라도 들어와 앉아 공간을 즐길 수 있다. 직원들의 출입문과 보안 게이트를 오히려 건물 코너 네 곳으로 몰고, 중앙을 기꺼이 시민에게 내준 것이다. 아무리 그래도 이윤을 추구하는 기업에서 이렇게까지 인심 좋게 저층부 로비를 조성할 수 있다는 사실이 놀라웠다. 내가 디렉팅한 설화문화전 〈미시감각: 문양의 집〉에서는 본사 로비를 운동장 삼아 한국 전통문양을 집이라는 우리의 일상적 공간에 대입해보았다. 로비에 번듯한 집을 지어 넣을 수 있었던 것도 이곳의 광장 같은 규모와 분위기, 활력, 그리고 이곳을 운영하는 사람들의 남다른 의지가 있었기에 가능하지 않았을까.

공간은 사람들에게 다양한 감정을 갖게 한다. 내가 어떤 공간에 있는지만으로도 기쁨이나 슬픔, 평온이나 긴장, 환희나 우울의 감정이 오갈 수 있다. 잠시 머무는 공간이지만 로비는 이렇게 나에게 다양한 느낌으로 다가온다. 건물에서 일하는 직원과 그곳을 찾는 방문객, 그리고 주변에서 일상을 영위하는 시민들까지 로비의 대기를 느낀다. 도시에서 기업의 로비는 어떠해야 하는지 회장님들에게 묻는다. 때가 되면 로비 탐사대를 꾸려 따로 책을 써야겠다.

사무실

2017년.

잡지사 편집장이었던 나는 열두 명 정도 되는 부서원의 자리를 새롭게 바꿔보기로 마음먹었다. 처음 이사 와서 세팅한 자리를 4년째 그대로 쓰고 있었다. 그사이 직원도 많이 바뀌었으니 사무실 안에서 새로운 관계와 분위기를 만들어보겠다는 당돌한 생각이었다. 그런데 생각지도 못했던 저항에 좀 당황하고 말았다. 빛 잘 드는 창가 자리에 앉은 팀장들은 물론이고, 면벽 수행을 강요당하는 구석 자리, 심지어 자기 모니터가 부서 게시판처럼 훤히 들여다보이는 문 앞 자리 막내까지 하나같이 그냥 있으면 안 되겠느냐는 식이었다. 자리의 좋고 나쁨을 떠나 그들의 몸과 정서가 이미 그곳에 최적화되고, 감정이입이 되어 그들만의 영역성이 생긴 것이다. 문 앞 자리 신입사원도 사장님 순시와 낯선 방문객의 등장으로부터 자신의 모니터와 사생활을 보호할 생존법을 터득한 것이다.

나는 말은 꺼내놓고 한동안 머릿속으로 이 숙제를 끙끙 싸매고 있었다. 자리바꿈을 할지 말지, 또 한다면 어떤 방식으로 자리를 부여할지. '직급순으로 자리를 고르자고 할까? 아니야, 이건 너무 권위적이고, 내가 첫번째이니 속보이잖아. 장유유서의 한국문화를 반영해 나이순으로? 제비뽑기? 아니면 부서장 권한으로 내가 일일이 자리를 지정해 그려줄까?'

백번쯤 고민한 끝에 결론을 내렸다. 자리를 바꾸되, 자리 선택 우선권을 직급도 나이도 아닌 입사 순서대로 가기로 했다. 내가 부서장이지만 입사 순서로 따지면 두번째이니 모양새도 나쁘지 않았다. 그래서 내가 앉았던 우리 사무실 최고의 명당(도로 쪽으로 난 넓은 창문에, 사장님 감시가 미치지 못하는 완벽한 사각지대)은 1순위 지명권을 가진 후배에게 양보하고, 나는 두번째로 자리를 골랐다. 새로운 내 자리는 옥상 정원 쪽으로 작은 창문이 난 통로 옆자리였다. 나는 거기로 옮기자마자 서향이라 늘 내려와 있던 그 자리의 고장난 블라인드를 떼어버리고 다음날 반투명 하얀색 시스루 커튼을 사다가 달았다. 그리고 강아

@siteandpage

지가 영역을 표시하는 것처럼 이곳이 내 자리임을 알리기 위해 작은 화분과 사진들을 올려두었다.

2018년.

회사를 그만두고 나와 독립을 선언했다. 세무서에 개인사업자로 등록하고 가장 먼저 한 일이 사무실을 구한 것이다. 열 평 남짓한 공간인데, 책상 네 개와 긴 회의 테이블 하나를 넣고 나니 내 찬란한 미래와 꿈이 벌써 이곳에서 막 움트는 느낌이었다. 생전 하지 않던 페인트칠도 내 첫 사무실이라는 애착에 하룻밤을 꼬박 새우며 끝냈고, 복도 쪽 작은 간판과 유리에 사무실 이름도 새겨넣었다. '아, 내 사무실을 갖는다는 게 이런 느낌이구나!'

이렇게 시작한 작고 따듯한 풍경의 사무실. 나는 뭔가 깊은 생각에 빠지거나 아이디어를 구상할 때면 이 작은 사무실이 운동장이라도 되는 듯 책상 주변을 뱅뱅 맴돈다. 그리고 필요한 책과 예쁜 소품, 식물 들로 공간을 가꾸고 꾸며나갔다. 이곳은 가정과 직능 사이에서 나에게 언제나 적당한 긴장감을 부여한다. 그 긴장감이 없다면 내 일이 제대로 운영되거나 작동하지 않을 것만 같다. 치열한 전투중에도 양 진영이 절대 침묵을 유지하는 순간이 있는 것처럼, 사무실은 긴장과 완화를 오가는 전장 속 나의 벙커다. 월요일 아침마다 이바디의 노래를 틀어놓고 혼자 청소하는 시간이 내가 이 공간을 가장 즐기고 사랑하는 순간이다.

참! 퇴사하면서 회사에 두고 나온 내 자리의 시스루 커튼이 가끔 생각난다. 그 회사에는 미련이 없지만, 애착인지 아니면 장소에 대한 기억인지 내가 달아놓은 흰 커튼과 저물녘 붉게 물들던 풍경이 아련하게 피고 진다. 새로 주인을 만나 그 커튼은 어떻게 되었을까? 나는 정서상의 이유로 블라인드를 치웠는데, 새 주인은 기능상의 이유로 그 커튼을 떼어내지 않았을까?

2019년.

운 좋게 대기업 사무실의 디자인컨설팅을 맡았다. 책상과 파티션만 두고 사용하던 메마른 사무실 분위기를 확 바꾸겠다는 것이 대표님의 의중이었다. 기업의 혁신과 성과는 창의적인 업무환경에서 비롯된다는 최근 논리 때문에 요즘 이런 일이 많다. 나 같은 공간기획자에게 이런 경향은 일을 만들어주니 고맙지만 그렇다고 공간환경이 만병통치약도 아니고, 나는 이렇게 하면 다 낫는다고 말하는 약장수도 아니다.

나는 그 기업의 성격과 업무 특성, 그리고 직원들 성향에 맞는 새로운 공간구조와 디자인 방향을 제안했는데, 그곳 대표님은 이미 공유 오피스의 특징을 적용해 자율좌석제로 사무실을 새롭게 조성하길 원했다. 참고로 요즘 공간 분야에서는 '공유'라는 단어가 붙어야 잘 팔리는 아이템이나 상품이 되는 것 같다. '공유'가 없으면 구닥다리로 분류된다.

그러면서 대표님은 직원들의 책상 위가 늘 깨끗하게 정리되길 바랐다. 특히 머물렀다 간 사람이 누구인지 특정인의 흔적이 느껴지지 않도록 개인용 PC와 용품, 사진 등을 싹 치웠으면 했다. 그래서 직원들에게 캐비닛을 분양해 출퇴근할 때마다 모든 개인용품을 보관하게 하고, 자리에서는 개인의 흔적과 이름을 지워버렸다. 발주처의 요구라서 그런 방향으로 맞춰주긴 했지만 나는 마뜩지 않았다.

사무실은 조직화되고 집단화된 사회에서 우리가 가장 오랜 시간을 보내는 치열한 삶의 터전이다. 물론 여기에는 개인의 삶보다 더 중요한 집단적 가치가 작동하지만 그래도 험한 돌산을 자세히 들여다보면 곳곳에 작은 꽃과 식물이 자라는 것처럼 그들의 개인적 삶이 이곳에 묻지 않을 수 없다. 공유 사무실 혹은 자율좌석제는 일단 이 흔적들을 지우고 부정한다. 내가 보수적인 것일까? 공유가 중요하고 흥미롭지만 그래도 내 모든 것을 꺼내 공유하고 싶진 않다. 사무실에서도 남루하고 어수룩한 나의 흔적들이 머물 공간이 필요하다.

카페

내일 한 사진작가를 만나기로 했는데, 어떻게 만나야 할지 방법이 딱히 떠오르지 않는다. 대략 열두시 전후로 만나자고만 잡아놓고 어디서 어떻게 만날지는 아직 정하지 못했다. 평소 같으면 단 1초의 망설임도 없이 내가 사무실만큼 애용하는 광화문 폴 바셋 카페에서 만났을 텐데, 코로나19 때문에 카페 이용이 금지되면서 갈 곳을 잃고 말았다. 그가 오전에 서대문구청에서 볼일을 마친다니 구파발역 근처 내 사무실에서 만나자고 할까? 차로 한 20분이면 올 테니 그게 낫겠다.

그런데 그가 안 된단다. 미팅 후 개포동 작업실로 돌아가야 하는데 구파발까지 왔다 갈 시간이 안 된다고. 거절당했지만,

이해는 된다. 서울 외곽인 구파발에 사무실을 잡으면서 사무실에서 누굴 만날 생각은 애초에 포기했다. 내 작업공간으로 충실하게 기능하면 되지, 미팅이나 약속은 나도 도심 카페에서 잡는 게 편하다. 그런데 전국 모든 카페의 기능이 마비되니 어디서 누군가를 만날 대책이 없다. 아! 그래! 패스트푸트점은 카페가 아니라 매장을 이용하며 커피를 마실 수 있지! 마침 서대문구청에서 차로 조금만 가면 한 군데 있으니 거기서 만나야겠다.

그도 그러자며 전화를 끊었는데, 다시 생각해보니 이도 좋은 방법은 아닌 것 같다. 가뜩이나 점심시간인데 나 같은 주변 사람들이 연희동에서 유일한 그 패스트푸드점에 몰릴 것 아닌가. 코로나19 때문에 카페 이용이 제한되니, 풍선 효과로 그곳에다 몰릴 것이다. 에라 모르겠다. 여기도 아닌 것 같다.

결국 우리는 궁여지책으로 일단 패스트푸드점에서 햄버거와 커피를 사서 서대문구청 주차장에 차를 대고, 차 안에서 점심을 먹고, 커피를 마시며 이야기 나누기로 했다. 예상치 못한 전혀 엉뚱한 방향으로 결론이 나고 말았다. 카페에 의존하지 않고 사람을 피해 사람을 만나려니 상황이 아주 이상해지고 말았다. 그러다가 잠시 후 남자 둘이 구청 옥외 주차장의 비좁은 자동차 안에서 햄버거를 먹으며 같이 노트북 화면을 보고 이야기 나누는 장면을 상상했다. 차라리 안 만나면 안 만났지 이건 아니다 싶은 생각이 들었다.

다음날 나는 서대문구청에서 그를 태우고 무작정 차를 몰았다. 그리고 카페도, 패스트푸드점도 아닌 뒷골목 곰탕집으로 들어가 노트북을 꺼냈다. 우리는 그날 점심시간 곰탕집에서 걸쭉한 국물을 카페라떼처럼 홀짝홀짝 마셔가며 사장님 눈치에도 아랑곳없이 느릿느릿 밥을 먹으며 이야기를 나누고 나왔다.

우리 생활에서 카페가 얼마나 중요한 역할을 해왔는지 다시금 뼈저리게 느낀 시간이었다. 카페는 단순히 커피나 음료를 파는 매장이 아니다. 카페의 본질은 커피라는 음료가 아니라 머문다는 행위와 공간이다. 회사원에게는 나른한 오후 한때의 휴게실이며, 시험을 앞둔 학생에게는 집중력을 끌어올려주는 독서실이고, 책을 든 이에겐 멋진 도서관이고, 누군가를 기다리는 이에겐 심심치 않은 대기실이며, 나 같은 노마드에겐 작업실이자 회의실이다. 그런데 카페 이용이 제한되니 나는 도심의 길 잃은 고양이가 건물과 건물 사이 담장 위를 아슬아슬하게 걷는 듯한 불안감에 휩싸였다.

가판대

2019년 1월 2일 10시 5분.

약속 시간이 조금 넘어, 만나기로 한 사람에게서 전화가 왔다. 조금 늦는다는 매너성 전화겠지 생각했는데…… 지금 일어났단다. 새해 첫 출근, 첫 업무, 첫 미팅부터 웬 날벼락인가. 그녀는 거칠게 잠긴, 하지만 한없이 미안한 목소리로 나를 모질게 바람맞혔다. 사회생활하면서 업무상 미팅에 상대가 늦은 경우는 많았지만, 오늘처럼 현장에서 완전히 버려지긴 처음이다. 하필이면 새해 첫출발하는 날에.

허탈함 속에 남겨진 내 시간을 추스르고자 일단 커피 한 잔을 주문해 손에 들고 창가 자리에 앉았다. 눈을 밖으로 돌리니 나만큼 외로운 가판대 하나가 거리에 홀로 서 있다. 서울역 광장의 분주함을 멀리 등뒤로 두고 있지만, 가판대가 있는 이 거리만큼은 한산하다. 나는 더이상 누군가를 기다리지 않는데 너는 계속 누군가를 기다리는구나.

한 평 남짓한 저 공간 속 남자는 무엇을 몽상하고 있을까? 광장을 마주보고 있는 밀실. 몸은 밀실에 있고, 눈은 광장에 있는 양가적 상황. 그의 세계는 시선이 머무는 광장일까, 아니면 몸을 구속하고 있는 가판대일까? 그에 대한 답이라도 된다는 듯, 바깥 매대에는 왼쪽부터 담배, 껌, 사탕, 복권, 그리고 음료가 든 냉장고가 아주 질서정연하게 줄지어 있다. 목적을 잃고 방치되었던 내 시간은 어느덧 가판대 안을 맴돌며 남자를 살피기 시작했다.

남자가 핸드폰을 눕혀 들고 분주하게 두 엄지를 움직이는 것이 게임하는 중인가보다. 가판대도 작지만 더 작은 세계 속에 빠져 있다. 그러기를 한참, 갑자기 힐끔 시선을 창밖에 한번 주고는 복권통을 다시 매만진다. 특별히 정리할 것도 없을 만큼 줄지어진 그곳을 습관처럼 정리하고, 특별한 이유 없이 다시 핸드폰을 바라본다. 남자도 나처럼 목적을 잃은 시간 속에 갇혀 있구나. 어쩌면 그곳엔 목적이라는 단어가 움틀 자리조차 없을지도. 10차선 도로와 인도 사이 경계에 선 얇은 공간. 도로에 바짝 기대어 자동차의 신경질적인 경적과 소음을 고향의 노래와 향기로 이해하며 지나는 행인들을 환대해야 하는 노상의 공간이 가판대다. 오래전 그곳은 버스 회수권이나 토큰을 파는 곳이었고, 지금은 구둣방이나 복권 판매소, 신문 가판대, 식음료 판매대, 노상 분식집으로 변했다. 하지만 그들이 서 있는 장소는 예나 지금이나 다르지 않다. 어느 한쪽 세계에 깊이 편입되지 못한 경계에 서 있다. 자리도 자리지만, 그 공간의 두께가 너무 얇다.

앗! 손님이다. 남자의 얼굴에 저런 환한 미소가 숨겨져 있었나? 하지만 손님이 물건을 사지 않고 돌아간다. 길을 물어보는 이였나? 남자의 표정이 대수롭지 않게 탄성 좋은 공처럼 다시 시무룩해진다. 그 작은 밀실은 무료함을 태우기라도 하듯 어느새 담배 연기로 채워진다. 저 작은 공간에서 느끼는 외로움은 공간의 크기와 밀실함이 아니라 어쩌면 말을 나눌 존재의 부재에서 비롯된다는 생각이 든다. 눈앞을 오가는 수많은 행인이 있지만 그들이 이곳을 인식하고 먼저 말을 걸어주는 일은 많지 않다. 남자의 눈이 살짝 내려가는 것이 선잠을 자는 건지, 언뜻 그곳을 채운 음악에 빠져든 것 같다.

남자는 내가 그와 가판대를 30분째 관찰하고 있다는 사실을 알까? 조금 전 나와 슬쩍 눈이 마주쳤을 때, 내 시선을 알아챘을

@photok201

까? 아니면 우연이라 생각했을까? 다시 손님이 왔다. 손님은 담배 한 갑을 사고 바로 돌아선다. 그 담배 한 갑을 건네는 짧은 찰나 가판대 문이 열리고 남자는 찬 공기 한 줌을 들이켜고 다시 문을 닫는다. 저곳 내부 세계는 어떨까? 오래전 엄마 품처럼 아늑하고 따뜻할까? 아니면 비행기 이코노미 좌석처럼 한없이 답답하고, 신체가 구속받는 갇힌 세계일까? 하지만 이제는 이 작은 사람의 공간마저 사라져가고 있다. 무인 판매기나 자판기가 점점 가판대를 대신하고 있기 때문이다.

한 여자가 라이터를 산다. 현금을 주고받고 따뜻한 음료를 하나 더 사고, 이번에는 웬일인지 남자가 일어나 잠시 대화를 나눈다. 가벼운 미소를 서로 교환하는 것이 근처 사무실에서 일하며 가끔 들르는 사람이라는 생각이 든다.

10시 42분. 나를 바람맞힌 그 사람에게서 문자가 왔다. 미안하다고, 원하는 시간에 어디서든 다시 만나자고. 말도 안 되지만 내일 이 시간 저 가판대 안에서 보자고 할까? 불현듯 저 세계가 미치도록 궁금해진다.

10시 50분.

"아저씨, 안녕하세요. 로또 자동으로 세 장 주세요. 근데 저, 개인적으로 궁금한 게 하나 있는데…… 이 안에 하루 종일 있으면 어떠세요?"

버스 정류장

나는 장소가 기억의 실체라고 믿는다. 생물학적으로 기억은 뇌 활동의 산물이며, 의식과 마음속에 저장된 과거의 잔상이지만, 장소 없이는 결코 기억이 선명하게 출력되지 않는다. 기억은 장소에 묻히고, 우리가 그 장소에 다시 있을 때 공감각적 반응으로 기억의 상들이 맺힌다. 이런 측면에서 내게 가장 오래된, 하지만 가장 깊게 각인된 기억의 장소는 버스 정류장이다. 물리적으로 잘 조성된 다른 공간에 비해 예전 버스 정류장은 지붕이나 벽 하나 없이 그저 버스 번호와 노선표가 붙어 있는 가는 푯말 하나가 전부였는데 왜 이렇게 내게 깊은 정서와 커다란 기억을 남긴 걸까?

버스 탈 일이 없던 유년 시절, 나는 퇴근하는 아버지를 기다리며 버스 정류장에 오래도록 머물렀다. 저녁 여섯시 반쯤 집에서 몰래 나와 버스 정류장으로 향해, 일곱시쯤 일을 마치고 도착하는 아버지를 정류장 한편에 쭈그리고 앉아 한없이 기다렸다. 아버지가 타고 오는 103번 버스가 저 멀리서 보이면 얼마나 떨리고 설레던지. 버스가 멈추면, 내리는 사람들의 얼굴을 하나하나 살피며 나와 닮은 아버지를 찾았다. 아버지가 내리지 않으면 다음 버스를 기다리며 한쪽에 쭈그려 앉고, 저 멀리 독립문 뒤 안산으로 떨어지는 석양에 애타는 마음을 잠시 걸쳐놓곤 했다. 그렇게 내 마음도 붉게 익어갈 무렵, 한 삼십 분 더 기다리다 아버지를 만나면 집에 올라가는 길에 과자와 바나나우유를 손에 쥐고 얼마나 행복했던가. 한 시간 넘게 기다리다 아버지를 만나지 못해 혼자 집으로 돌아가는 길은 또 얼마나 많은 바람이 차갑게 식어버린 내 빈 마음을 휭휭 뚫고 갔던가.

공간들은 시간이 흐르면서 기능이 약해지거나 사라지기도 한다. 특히 요즘 같은 디지털 비대면 시대에는 모빌리티 개념과 이를 구현해주는 기술이 등장하면서 이동의 공간과 정서가 바뀌고 있다. 그 가운데 내게서 점점 사라지고 있는 공간이 버스 정류장이다. 예전에 비하면 요즘 버스 정류장은 매우 좋아졌다. 비를 피할 수 있는 번듯한 셸터도 생기고, 커다란 디지털 안내

@around_we

판도 있다. 그런데 나는 왜 버스 정류장이라는 공간이 점점 사라져간다는 느낌이 들까?

버스 정류장은 기다림의 장소다. 어디론가 가야 하는 상황에서 속수무책으로 아무것도 하지 않고 그냥 멍하니 시간을 세는 장소가 버스 정류장이었다. 그곳은 수많은 인파와 차량의 흐름 속에서도 멈춰 있는 자신만의 시간을 보낼 수 있고, 버스나 버스를 타고 오는 누군가를 간절하게 기다리며 기다림의 시간 속에 스며든 도시 풍경을 어느 때보다 평온하게 음미할 수 있는 일상의 장소였다.

지금은 버스 정류장이 더 커졌지만 이런 정서가 스며들 시간이 없다. 스마트폰이 등장하면서 무언가를 기다리는 것 자체가 불필요해졌다. 늘 예측 가능한 상황 속에서 세상이 펼쳐지고 언제 어디서든 서로 연결된 상태이기에, 미지의 기다림과 만남의 정서가 사라져가고 있다. 버스가 언제 올지 스마트폰으로 알 수 있어 시간 맞춰 나가면 되니 오래 기다릴 필요도 없다. 사실 이런 세상의 변화를 핑계 대지만 이미 내 마음이 누군가를 무턱대고 기다리기엔 여유 없이 비좁아지고, 주변을 돌아보지 않는 생활에 빠져 있는 건 아닐까? 스마트폰이 아니라 딱딱하게 굳어가는 내 마음과 삶을 돌아봐야 하는 건 아닌가 잠시 생각해본다.

버스 전용도로를 중앙 차선으로 바꾼다고 했을 때 나는 정서적으로 극렬하게 저항했다. 도로 한가운데로 옮겨진 정류장은 빠른 이동에 복무할 수는 있지만, 하염없이 누군가를 기다리는 장소는 못 된다고 생각했기 때문이다. 내가 커가고, 사회가 발전해가는 변화 속에서 내가 잃어버린 가장 큰 정서는 기다림이고, 기다림이 머물던 버스 정류장도 사라져간다.

푸드코트

휴일 이른 아침, 근처에 사는 누나에게서 전화가 왔다. 대형 마트에 장을 보러 가려는데 같이 가겠느냐는 전화였다. 차가 없어 장보기가 불편한 동생을 시시때때로 챙겨주니 당연히 고마운 일이다. 그런데 나는 전화를 끊고 소파에 앉아 오히려 고민이 깊어졌다. 오늘은 또 이 난관을 어떻게 헤쳐갈까. 시간이 흘러 약속 시간이 다가오는데 딱히 해결책이 없어 초조해졌다.

'오늘은 내가 쏘겠다고 말하고 다른 곳으로 데려갈까?'

'밥을 먹고 나왔다고 둘러댈까?'

'아니야, 차라리 마트를 가지 말까?'

내가 이렇게 똥마려운 강아지마냥 안절부절못했던 건 누나가 무섭거나 마트가 싫어서가 아니다. 대형 마트에 가면 애매한 시간과 상황 때문에 십중팔구 푸드코트에서 밥을 먹어야 하기 때문이다.

나는 푸드코트가 정말 싫다. 그곳은 배를 채우기 위한 혼돈의 세계다. 점심시간에 어쩌다 운 좋게 빈자리를 구했다 치자. 띵동띵동 여기저기서 울려대는 밥 찾아가라는 신호음이 신경질환을 유발할 것 같고, 쟁반을 들고 몇 번씩 분주하게 음식과 물을 나르는 사람들 사이로 내 몸 하나 편하게 가눌 공간이 없다. 한번은 경기도 여주의 한 대형 아웃렛 푸드코트에서 밥을 먹는데, 수백 명이 동시에 왁자지껄하며 먹고 말하는 분위기가 시장의 그것과 별반 다르지 않았다. 내가 앉아 있는 곳이 식당이라고는 전혀 생각할 수 없었다. 난 기계적으로 밥을 입에 밀어넣으면서 다시는 이 아웃렛에 오지 않으리라 몇 번이나 다짐했다.

푸드코트는 말 그대로 경기장 같은 거대한 실내공간에 식탁만 쫙 깔아놓은 분위기다. 그래서 뭔가 아늑한 느낌이 들지 않는다. 옆 사람과의 느긋한 대화는 이곳에서 엄청난 사치일 수 있다. 왜냐하면 '다 먹었으면 빨리 일어나지 않고 뭐하니?'라고 말하는 듯한 주변의 시선과, 모두의 공간이지만 누구의 공간도 아닌 소속감 부재가 불편함과 혼돈스러움을 야기하기 때문이다.

섞이기 어려운 음식문화가 아무런 개념 없이 한데 질펀하게 서로 뒹굴고 있는 것도 마땅치 않다. 된장찌개와 파스타를 어떻게 한곳에 앉아서 먹으란 말인가. 푸드코트는 그야말로 종목 불문, 국적 불명의 잡탕 같은 곳이다. 입과 혀로는 크림소스 파스타를 먹고 있는데, 코로는 옆자리 된장찌개의 구수한 냄새를 맡고, 귀로는 자장면 내놓으라는 뒷자리 아이의 성화를 들어야 하니, 내가 먹고 있는 것이 대체 무슨 요리인지 알 수가 없다. 나는 이럴 때면 식욕이 뚝 떨어진다. 그냥 빨리 벗어나고만 싶다. 그러자면 빨리 먹고 나가는 수밖에 없다.

그렇게 싫으면 푸드코트에 안 가면 되는데, 그게 말처럼 쉽지가 않다. 이제는 푸드코트가 너무 많아져, 굶을 결심을 하지 않는 한 일일이 피해 다니기가 어렵다. 백화점, 아웃렛, 대형 마트 같은 쇼핑몰은 기본이고 병원, 도서관, 학교, 터미널, 놀이공원, 휴게소, 서점 등 일정 규모 이상인 데는 푸드코트 없는 곳이 없다. 언제부터 이렇게 푸드코트가 번성했던가?

나는 식당에서 음식맛을 음미하는 건 결국 공간을 음미하는 것과 같다고 본다. 절대 까다로운 미식가는 아니지만, 말라비틀어진 김밥 한 줄을 먹더라도 우아하게 식사를 하고 싶다. 그 우아함은 음식과 더불어 공간의 분위기를 음미할 수 있는 여유에서 나온다. 푸드코트 종사자들에겐 미안한 말이지만, 내게 이곳은 절대 혼돈의 세계다. 바라건대 푸드코트라도 음식의 종목과 지역성에 따라 어느 정도 공간이 구분되고, 그 음식에 맞는 분위기가 갖추어지면 좋겠다.

실용주의자인 누나와 외출할 때면, 특히 대형 마트에 가게 되면 매번 기-승-전-푸트코트다. 내가 동생이고 매번 차를 얻어 타는 신세인지라 별말 못했는데, 오늘은 누나에게 말해야겠다. 푸드코트에 대한 내 생각을 확실히 밝힐 때가 왔다.

"어…… 누나, 오늘은 나 아점 먹고 왔어……"

서점

프랑스 파리에 처음 갔을 때 나는 취한 듯 시내 이곳저곳을 누비며 혼자 걸었다. 웅장하고도 유려한 에펠탑, 고딕 건축의 진수라는 노트르담대성당, 낭만적 정취를 가득 머금은 센 강변 등 가는 곳에서마다 마음을 빼앗기며 도시를 유영했다. 여러 모뉴먼트와 명소는 이미 사진으로 수백 번 넘게 보았지만 실제 그 장소에서만 느낄 수 있는 아우라와 공감각적 경험은 내게 놀라움을 주기에 충분했다. 그런데 정작 내가 파리에서 부럽다고 여긴 것은 따로 있었다. 그건 파리의 작은 골목을 빼곡히 채운 서점들이었다.

아마 주말 아침쯤이었을까? 파리의 뒷골목을 누비다 우연히 작은 서점이 모여 있는 한 골목을 지나게 됐다. 이 길에 면한 십여 개의 서점이 한두 평짜리 가판을 펼쳐놓고 책을 판매하고 있었다. 가판 주변마다 주인과 손님들이 모여 담소를 나누고, 몇몇은 계단에 걸터앉아 책을 보고, 또 몇몇은 차 없는 거리를 그냥 즐기듯 놀고 있었다. 이런 알뜰한 풍경도 생경했지만, 더없이 부러웠던 건 서점 안쪽 풍경이었다. 열 평이 채 되지 않는 작은 서점에 열 명 정도 되는 사람이 둥그렇게 둘러앉아 낭독회를 하고 있었다. 한 명이 가운데 서서 율동감 있는 손짓으로 책을 읽고, 다른 이들은 저마다의 포즈로 흘러나오는 텍스트를 감미롭게 음미하고 있었다. 낭독자와 눈을 맞추는 이, 턱을 괴고 눈을 감은 이, 책을 펼치고 문구를 함께 읽는 이, 자세는 모두 다르지만 낭독의 즐거움에 흠뻑 빠진 표정들이었다. 연이어 다른 서점에서도 이처럼 지성의 향기를 풀풀 풍기는 장면이 삼삼오오 연출되었다. 내친김에 파리의 명소인 셰익스피어 서점에도 가보았다. 널리 알려진 관광지라서 분위기가 마냥 산만하고 들떠 있을 줄 알았는데, 그런 와중에도 한쪽 공간을 막고 십여 명이 모여 작은 낭독회를 열고 있었다. 이 작은 풍경들이 나는 왜 그리 대단해 보였을까? 7300톤의 철을 쏟아부어 세운 324미터의 웅장한 에펠탑과 열 평 남짓한 이 작은 서점 풍경 중 하나를 가질 수 있다면 나는 망설임 없이 후자를 선택할 것이다.

우리에게도 관광객들에게 명소가 될 만한 서점이 있을까? 교보문고 같은 대형 서점이 그들에겐 없을 테니 일단 한 번은 와 볼 법하지만, 물량과 크기로 우겨 이기는 건 개운치가 않다. 그리고 서점이라는 게 꼭 커야 좋은 건 아니다.

책으로 가득찬 공간에 있다는 건 정말 황홀한 일이다. 우리 동네에 대형 복합 쇼핑몰이 들어선다고 했을 때 내가 가장 기다린 것은 서점이었다. 그리고 교보문고가 입점한다는 소식을 듣고 크게 환호했다. 과거에는 대형 서점이 작은 동네 서점을 없애는 주범처럼 몰렸지만 지금은 상황이 좀 다르다. 그보다는 독서량 감소와 출판산업의 구조적 어려움이 서점이라는 공간에 지각변동을 일으키고 있다. 규모의 경제가 미치는 폐해라는 틀로 대형 서점의 존재를 분석할 필요도 없고, 또 요즘은 대형 서점도 크기를 조금 줄여 도심이 아닌 외곽 곳곳에 들어서는 전략을 취하고 있다. 땡스북스, 북소사이어티, 1984, 어쩌다 책방 등 자기만의 색깔을 지닌 동네 책방과 독립 서점이 요즘 눈에 띄게 다시 늘고 있다. 「동네서점 트렌드 라리」 보고서를 보니 2015년에는 97개이던 독립 서점이 2016년에는 180개, 2018년에는 416개, 2019년에는 551개, 그리고 2020년에는 634개로 늘었다고 한다. 그야말로 독립 서점 전성시대다.

책은 한 권 한 권이 누군가의 장대한 인생이자 긴 시간과 역

@movingroom

사의 압축판이다. 그런 책들이 나를 빙 둘러싸고 있는 것은 태양계와 은하계를 넘어 미지의 행성과 무한의 시공간이 나를 둘러싸고 있는 이 우주의 모습과 다를 바 없다. 그러니 이 장대한 지성의 풍경인 서점은 별다른 인테리어가 필요 없다. 아니, 인테리어가 없을수록 좋다. 높이와 두께, 색깔과 디자인이 모두 다른 책이 빼곡하게 꽂힌 서점이란 공간은 특정한 질서와 의도된 조형을 뛰어넘는 '디자인 위의 디자인'이다. 거기에 사람의 마음을 포근하게 하는 종이 냄새가 은은하게 배어 있으니, 서점은 우리의 시각, 후각, 촉각 등 모든 감각을 건드리는 공간이다. 아마 서점을 여는 사람들은 책을 팔아 돈을 벌 궁리보다 책으로 둘러싸인 공간 그 자체의 분위기를 스스로 즐기고 싶은 마음이 더 크지 않을까.

재밌는 건 서점 주인은 자기가 팔 물건을 먼저 소비해볼 수 있다는 점이다. 그것도 마이너스 매출 없이 말이다. 치킨집 사장님이 배가 고파 점심으로 치킨을 먹거나 화장품 가게 사장님이 진열된 화장품을 쓴다면 그건 마이너스 매출이다. 그러나 서점 주인이 입고된 책을 살짝 읽어본다고 마이너스가 되지는 않는다. 손님들에게 책의 내용을 친절하게 설명할 수 있으니 오히려 영업에 도움이 될 수도 있다.

디지털의 물결로 서점 수와 산업이 위축되고 있지만, 사실 서점이라는 공간이 안겨주는 느낌은 다른 무언가로 대체할 수 가 없다. 그러니 판매보다는 손님을 끌어들일 목적으로 여러 복합공간이 서점을 곁에 두려는 것 아닐까? 브랜딩 컨설턴트에게서 듣기로, 호주의 화장품 브랜드 이솝Aesop 입점 규정에는 '반경 500미터 안에 서점과 꽃집이 있어야 한다'는 내용이 있다는데, 정말 이렇게 감성적인 규칙은 누가 세운 걸까?

10년 후에 내가 있을 일상 공간을 상상해본다. 그곳은 사무실도 집도 미술관도 아닌 서점이면 좋겠다. 작은 서점을 운영하며 내 직업적 경험과 판단을 사람들과 공유하고, 한가로이 책을 볼 수 있다면 '내 인생이 그리 나쁘지 않았구나' 하며 흐뭇한 미소를 지을 것 같다.

문방구

'모글'이라는 줄임말을 들어본 적 있는가? 이 단어를 딸에게서 처음 듣고 나는 아재답게 '이글루'의 변종이거나 '오글거리다'와 비슷한 말 아닐까 예상했다. 처음 몇 번은 관심 있게 듣지 않았는데, 초등학교 3학년인 딸이 친구와 통화하면서 계속 모글, 모글 하기에 한번 물어봤다.

"올리야, 모글이 뭐니?"

그러자 그것도 모르냐고 핀잔을 주며 문구점 '모닝글로리'의 줄임말이라고 알려준다. 아, 그랬구나…… 이글루가 아니었구나……

요즘은 동네 문방구가 거의 사라지고 이 체인점 정도만 남아 있다. 그러니 아이들에게 동네 문방구의 최후 보루인 이곳은 진정한 보물창고이며, 초등학생에게는 등하굣길 성지나 다름없다. 놀라운 점은 물건이 훨씬 많은 대형 마트 장난감 코너보다 대여섯 평 되는 동네 문방구를 더 좋아한다는 사실이다. 그러고 보니 내게도 어린 시절 학교 앞 문방구는 SF, 밀리터리, 스포츠, 로맨스 등 온갖 판타지가 가득한 동경과 열망의 공간이었다. 수확기 포도나무 덩굴처럼 입구 밖에 주렁주렁 매달린 장난감하며, 문밖에 늘어선 전자오락기, 적당히 불량한 간식과 사행성(?) 뽑기들이 주머니에 동전 몇 개가 전부인 아이들까지 모조리 낚아챘다. 이곳이 바로 아이들 문화의 생산과 공급 플랫폼이었다.

문방구는 여전히 우리 동네 문화를 지키고 있는 소소한 장소다. 딸아이가 대형 마트보다 문방구를 선호하는 이유는, 그들이 영위하는 생활권과 일상 안에 이곳이 들어와 있기 때문이다. 대형 마트는 일단 너무 멀고 커서 아이들의 지각과 공간 세계에 바로 편입되지 못한다. 또 물건은 많지만 정확히 그 또래에게 최적화된 물건은 사실 많지 않다. 동네 문방구에선 갈망을 끈기로 억누르며 용돈을 직접 모아서 오는 아이들이 손님이지만, 대형 마트 문구 코너에서는 아이들을 대신해 부모가 지갑을 연다. 그러니 아이들 사이에서 요즘 뭐가 유행하고, 어떤 아이템을 사야 친구의 부러움을 사는지 실시간으로 정보가 취합되는 문방구를 대형 마트가 따라올 수 없다. 학교를 오가며 새로 나온 프리파라 카드를 구경할 수 있는 곳이 문방구다. 진열장의 포켓몬 피규어가 언젠가 내 것이 될 거란 기대와 행복을 날마다 심어주는 곳 또한 문방구다. 그래서 적은 용돈이라도 생기거나 아빠가 기분 좋아 뭔가 상이라도 준다고 하면, 차를 타고 시간을 계획해서 나가야 하는 대형 마트가 아니라 모글로 당장 가자고 조른다. 기회가 생겨 기분이 한창 들떠 있는 아이에게 주말까지 기다려 마트 가서 사자는 것은 성인에게 당장 아메리카노 한 잔이 간절한데 주말에 백화점 나가서 마시자는 것과 똑같다.

문방구는 아이들 사이에 유행하는 카드나 장난감, 문구류를 가장 빠르게 들여다놓고 이를 파급력 있게 전달한다. 한 동네에서 이 문방구에 가면 무엇을 살 수 있고, 저 문방구에 가면 뭐가 있는지 아이들끼리 정보를 교환한다. 심지어 유행 아이템은 물건이 몇 개 남았는지 재고까지 파악하고 있다. 몇 년 전 포켓몬스터 카드가 한창 유행일 때 올리비아가 생일 선물로 '포켓몬 카드 지엑스'를 받고 싶어했다. 처음에 나는 당연하다는 듯 대형 마트와 쇼핑몰 문구 코너에 갔지만, 아예 물건이 없다거나 다 나갔다는 싸늘한 말만 듣고 돌아섰다. 그렇게 시간이 흘러 생일을 하루 앞둔 초조한 상황에서 혹시나 하는 마음으로 집 앞

@boramiyi

모글에 갔는데…… 헉! 내 지난 노력과 어리석음을 비웃기라도 하듯 카운터에 그 포켓몬 카드가 박스째로 진열돼 있었다. 중요한 건 결국 규모나 양이 아닌 아이템 싸움이고, 문방구는 거기에 승부수를 건다.

고백하자면 나는 어린 시절 용돈이 풍족하지 못해 문방구에서 무언가를 산 기억이 별로 없다. 문방구를 떠올리노라면 진열장을 서성이며 애틋한 마음으로 구경한 기억이 전부다. 그 버릇을 딸아이가 고스란히 이어받았는지, 돈이 조금만 생기면 문방구로 달려가 스티커와 카드, 장난감, 액세서리를 사는 것 같다. 한번은 딸아이와 집 앞 모글이 아닌 학교 앞 모글에 함께 간 적이 있는데, 사장님이 나를 보고는 드디어 만난다는 표정으로 웃음을 지었다. 올리가 너무 자주 문방구를 기웃거리며 용돈을 많이 써서 사장님이 걱정 아닌 걱정을 하셨다고. 그런데 이야기를 들어보니 다른 친구들 사정도 마찬가지였다. 올리의 가장 친한 친구 세은이는 심지어 엄마로부터 모글 출입 및 접근 금지 처분을 당했다고 한다.

골목길 문방구의 정겨운 풍경이 남아 있는 동네들이 있다. 가방을 메고 문방구 앞을 지나는 아이들 모습을 보면 문방구를 향한 향수가 살아난다. 『동네 걷기 동네 계획』(박소현·최이영·서한림, 공간서가, 2015)은 도시환경과 보행의 상관관계를 연구

한 책인데, 이에 따르면 아이를 동반한 주부의 동네 걷기 유발 시설 중 문방구가 18위라고 한다. 1998년에는 전국에 문방구가 2만 6295개였는데 2013년에는 1만 3496개로 감소했지만, 여전히 문방구는 동네 공동체 시설로서의 기능과 역할을 다하고 있다는 내용이다. 그러면서 수가 줄어들고 있긴 하지만 동네에서 문방구가 없어질 것 같지는 않다고 희망찬 결론을 내린다. 그것은 누구보다 내 딸을 포함한 수많은 꼬마 손님이 더없이 바라는 일일 것이다.

계단

노려보는 아내의 눈치가 심상치 않다. 몇 달 전부터 뒷마당 계단 만들라던 걸 차일피일 미뤄왔는데, 왠지 오늘은 직접 나설 모양이다. 뒷산 텃밭으로 가려면 1미터쯤 되는 옹벽을 올라야 하는데, 지금까지는 어설픈 사다리 하나를 두고 지내왔다. 그런데 더이상은 안 되겠다 싶었는지, 기어코 아내가 설계도를 들이밀며 콘크리트 블록 30개를 쌓아 계단을 만들라고 작업 지시를 내렸다. 나는 그날로 또 철물점에 끌려가 콘크리트 블록 더미를 두 번에 나눠 차에 싣고 와서 계단을 만들기 시작했다. 성큼성큼 오르는 다섯 단짜리 야외 계단을 다 쌓으니 꽤 멋져 보인다. 시멘트 한 줌 물 한 방울 쓰지 않은 건식 계단이 튼튼해 보이기도 하고, 마치 하나의 조형물처럼 옹벽과도 잘 어울린다.

집을 새로 짓고 이사오니 주변에서 사람들이 가장 마음에 드는 공간이 어디냐고 자주 묻는다. 아파트에 사는 사람들이 경험해보지 못한 새로운 공간적 즐거움. 우리 부부는 그럴 때마다 한결같이 '계단'이라고 말한다. 그러면 모두 의외라는 반응이다. 우리집은 현관과 계단실이 건물 중앙에 나란히 일자로 배치되어 아주 깊고 다양한 풍경을 만들어내고 있다. 현관문을 열고 들어오면 1층의 작은 홀을 지나 2층으로 오르는 계단이 바로 나오는데, 계단실이 높이 7미터에 이르는 박공지붕 밑까지 뻥 뚫려 있어 개방감이 매우 좋다. 그리고 그 빈 여백을 아름답게 채워줄 커다란 포인트 조명을 걸어두었다. 가장 마음에 드는 것은 뒷산 쪽으로 높이 2.3미터에 이르는 큰 창을 내 주변 풍경을 마음껏 누리게 한 것이다. ㄷ자로 돌아 오르는 중간 계단참에 서서 보면 바로 야트막한 뒷산 텃밭부터 저 멀리 굽이치는 산능선까지 훤히 들어오니 우리집 창문 명당이라고 할 수 있다.

하루는 아침 일찍 일어나 둘째 시환이 방에 가보니 아이가 보이지 않았다. 그래서 어디 갔나 싶어 찾아보니 계단 중간에 걸터앉아 턱을 괴고 뒷산을 멍하니 바라보며 망중한을 즐기고 있다. 일곱 살 아이도 계단의 낭만에 흠뻑 빠진 듯했다. 아내는 계단에 혼자 앉아 와인 한잔 마시는 것을 이 집의 가장 큰 기쁨으로 삼고 있다. 이사와서 다 같이 모여 첫 가족사진을 찍은 곳도 바로 이 계단이다. 높다랗게 열린 공간, 따사롭게 내리쬐는 햇빛, 노출 콘크리트와 목재가 어우러진 물성, 사시사철 변하는 창밖 풍경까지…… 전에 경험하지 못한 새로운 감정과 쓰임이 계단에 생기기 시작했다.

하지만 반대로 서울 도심에 사시는 어머니는 계단 때문에 집을 옮기셨다. 연세가 들어 고관절이 안 좋아지셨는데 엘리베이터 없는 빌라에 사는 것이 힘들고 불편해 계단이 없는 1층으로 이사하셨고, 고관절 수술 후에도 일상생활에서 가능한 한 계단을 피해 멀리 돌아오시는 편이다.

이렇게 계단이라는 공간은 우리 실생활에 아주 밀접한 기능을 갖춘 또하나의 작은 공간이다. 고층 빌딩이든 2층이든 계단이 필요하고, 1층 건물이라도 현관 주변이나 대문 주변으로 높이 차이가 생기면 계단 두세 개는 어디든 생기곤 한다. 계단은 어떻게 만드느냐에 따라 오로지 피난과 이동에만 쓰일 수도 있고, 감각적 향연과 낭만의 공간이 될 수도 있다. 하지만 아직까지 우리 도시 대부분의 계단은 낭만보다 기능, 열림보다 닫힘에 익숙한 모양새다.

우리집이 아니더라도 아름답고 평화로운 계단이 도시 어딘가에 또 있겠지? 영화 〈로마의 휴일〉에 나오는 스페인 계단처

@siteandpage

럼 걸터앉아 이야기를 나누고, 멀리 한곳을 같이 바라볼 수 있는 그런 계단 말이다. 나는 오늘도 아침 일찍 일어나 계단에 앉아 잠을 깨며 이런 쓸데없는 생각을 끄적이고 있다.

부동산

사람들은 저마다 다른 것에 흥분한다. 걷어올린 셔츠 소매나 망사 스타킹에 흥분하기도 하고, 투자자는 금이나 돈뭉치에 눈이 뒤집히고, 맛집 순례중인 식객은 산해진미 앞에서 마음이 요동치고, 야구팬이라면 짜릿한 9회 말 역전 드라마에 미치곤 한다. 그럼 나는 무엇에 가장 흥분할까? 이상하게 들릴지 모르지만 나는 부동산에 갈 때 가장 흥분된다. 정확한 용어로는 공인중개사사무소다. 보통 대여섯 평쯤 되는 이 공간은 ㄱ자로 배치된 책상 두 개, 4인용 소파 세트, 한쪽에 자리한 정수기와 믹스커피, 그리고 벽면에 붙어 있는 지역 지도가 전부다. 전망이나 채광이 좋은 것도 아니고, 대개 저렴한 분위기를 풍기는데 나는 왜 이곳을 좋아하는 걸까? 그렇다고 내가 재개발 예정지나 투기 지역을 돌아다니며 아파트를 사 모으는 능력자도 아니고, 설령 능력이 있더라도 이런 일에는 내 평생의 1분도 쓰기 싫다.

의식주 중에서도 주住에 관한 욕망이 가장 큰 나에게 부동산은 단순한 사무실이 아니다. 이곳은 주변에 감춰진 보석을 발굴하고, 새롭게 그릴 나의 미래를 꿈꾸는 일종의 희망 제작소다. 결혼 후 신혼집을 한옥으로 구하겠다며 서촌 부동산을 전전할 때, 은평뉴타운의 한 부동산에서 첫 내 집 마련의 꿈을 이루었을 때, 퇴사 후 새롭게 미래를 그려갈 사무실을 구했을 때 등 부동산은 언제나 나의 변화와 설렘을 부풀게 한 달고나 속 베이킹소다 같은 것이었다.

5년 전, 전원주택을 지어 이사가자는 결심을 하고 인근 지역 부동산을 찾아다니기 시작했다. 주말에 일부러 시간을 내어 물색중인 후보지의 부동산을 차례로 방문하곤 했는데, 그럴 때마다 새로운 땅을 만날 것 같은 기대감에 아드레날린이 분수처럼 치솟았다. 이런 나의 흥분 상태를 아는지 모르는지 애들은 부동산에 갈 때면 또 땅 보러 가냐며 짜증을 냈고, 나는 이때만큼은 내 감정에 집중하기 위해 매정하게 그들 손에 사탕과 젤리를 쥐여주곤 했다. 지금 우리가 살고 있는 장흥의 이 땅도 주말에 인근 부동산을 돌아다닌 끝에 얻은 보물이다. 부동산 탐방을 시작한 지 2년 만에 이룬 결실이다.

대개 부동산 사무실 분위기는 느슨하고 나른하다. 특히 아파트 단지가 아니라 서울 외곽 지역은 거의 부동산 사장님 혼자 나른한 오후를 즐기고 있을 때 손님이 문을 열고 들어선다. 사장님은 급하게 바지춤을 추어올리며 손님을 소파로 안내하고, 주변 땅과 동네에 관한 이야기를 한바탕 늘어놓는다. 입으로는 믹스커피를 홀짝, 눈으로는 지도를 살피다보면 그 작은 부동산 사무실은 온통 핑크빛 상상으로 팽팽하게 차오른다. 짧으면 10분 길면 30분을 죽치고 앉아 사장님과 달콤한 미래를 설계하는 것이다. 예상을 웃도는 비싼 땅값에 헛헛하게 돌아나오더라도 꿈이 있기에 기분이 그리 나쁘지 않다. 생애 처음으로 장만한 내 아파트와 지금 내가 일하는 사무실 모두 같은 부동산에서 중개해준 것인데, 그곳 사무실에 가면 아직도 그때의 설렘과 흥분이 남아 있다. 그래서인지 새로 집을 짓고 이사온 지 2년이 조금 넘었는데, 다시 슬슬 부동산에 드나들고 싶은 욕망이 생긴다.

부동산은 인터넷 기반 플랫폼 비즈니스가 성행하는 요즘에도 여전히 동네 비즈니스로 유지되는 중요한 거점공간이다. 동네에서 가장 오래, 많이 살아남는 업종이 그래도 부동산과 미용실이다. 한국공인중개사협회에 따르면 2019년 기준 직업 공인중개사 수는 10만 6504명에 이르고, 그해만도 1만 6903곳의 부동산이 개업했다. 부동산은 지역 소식과 정보가 모이고 교류되는 일종의 커뮤니티 공간이기도 하다. 우리 동네 부동산 사장님은 나도 모르던 옆집 부부의 성격과 생활 형편, 심지어 담보대출 상황까지 속속들이 알고 있던 걸 나에게 슬며시 풀어놓았다.

옛 명칭인 복덕방은 원래 일종의 뒤풀이 장소를 뜻했다. 마을에서 당제나 동제를 지낸 뒤 복과 덕을 나누기 위해 제사 음식을 나누어 먹던 넓은 마당집을 일컫는 말이었다. 마을 유지들은 돈과 음식을 기부하고 가난한 사람들은 제를 올리기 위한 노동력을 제공하면서 함께 어울리던 마을 공동체 공간이 복덕방이었다. 이렇게 윗마을, 아랫마을 사람들이 모두 모이다보니 김가네 집에 방이 몇 개인지, 방이 비었는지 누가 새로 이사왔는지 등의 정보가 모여, 중개와 거래가 이뤄진 것이다.

돈을 좇아 부동산을 찾아다니면 수시로 괴로움과 절망을 느낄지 몰라도 꿈과 내 삶을 좇아 부동산에 가면 행복과 즐거움을 느낀다. 지난 수십 년간 한국 사회에서 부동산은 양적으로도 기능 면에서도 기형적으로 성장해왔지만, 그래도 이곳은 나에게 현실과 꿈이 공존하는 초현실적 공간이다. 혹시 나중에 내가 직접 부동산을 운영한다면 '초현실부동산'이라고 이름 지을 것이다. 부동산은 어제의 기억과 오늘의 영감, 그리고 내일의 꿈을 중개하는 장소다.

공중화장실

조건반사는 인간의 신체와 심리의 상호작용으로 일어나는 행동이다. 특정한 소리와 시각, 냄새에 대해 후천적으로 학습된 반응이 나타나는 것이다. 그런데 나는 특정한 장소에 반응하는 이상한 조건반사적 습관을 갖고 있다. 이곳을 지날 때면 별생각 없다가도 갑자기 화장실에 가고 싶어진다. 주변의 시선 때문에 응급상황이 아니고서야 공중화장실을 피하고 싶은 것이 대부분 사람들의 습성이지만, 왠지 이곳을 지날 때만큼은 이런 심리적 장벽이 무너져 차를 세우고 만다.

종로나 광화문 인근에서 은평구 사무실로 돌아가려면 자하문터널을 지나는 것이 빠르지만, 나는 이 길보다 청와대 앞을 지나 부암동 고개로 오르는 우회도로를 애용한다. 이 길을 오르다보면 고개 정상쯤에 윤동주문학관이 있고, 그 앞에서 왼쪽으로 더 오르면 윤동주언덕이 펼쳐진다. 이곳에 나의 최애 화장실이 있다. 나는 미팅 전후 시간이 조금이라도 남으면, 아니 일부러 조금 일찍 나오든지 하여 굳이 이곳을 찾는다. 한적한 산길에 차를 잠깐 세우고, 우리집인 양 화장실에 들어선다.

검은색 전벽돌로 마감된 건물은 산에 반쯤 묻혀 있어, 있는 듯 없는 듯 주변 풍경과 지형 속에 녹아 있다. 화장실은 인적 드문 등산로 초입에 있는데, 손님이 안으로 들어서야만 깜빡 눈을 뜨며 불을 밝힌다. 어디선가 잔잔한 노랫말이 흘러나오고 하늘로 삐죽 내민 천창에서 하얀빛이 작게 새어나온다. 이곳에선 화장실조차 문학적이다. 여느 공중화장실에서는 딱 필요한 볼일만 보고 도망 나오기 바쁘지만 이곳에서는 내 행동거지와 걸음이 최대한 느려진다. 한 장 한 장 쌓아올린 벽돌로 벽과 틈을 만들고, 수수하게 자연에 몸을 맡긴 형태, 화장실에 들어가는 동선과 그걸 생각했을 건축 과정. 의심의 여지없이 이곳은 나의 사랑스러운 화장실이다.

생리작용이 아니더라도 이곳을 즐겨 찾는다고 말했지만, 볼일이 급할 때도 나는 최대한 참아 식은땀을 흘리면서 이곳까지 오곤 한다. 그럴 때면 '그냥 아무 주유소에나 들어가 일을 볼까,

@siteandpage

아니면 길가에 차를 잠깐 세워두고 카페에 들어갈까?' '아니지, 이런 자연스러운 기회와 구실을 놓칠 순 없지. 조금만 더 참으면……' 수십 번 고민하면서도 발로 액셀을 밟으며 한 손으로는 운전대를, 한 손으로는 배를 부여잡고 결국 이곳까지 온다. 이렇게 꾹꾹 참은 생리를 해결하고 밖으로 나오면 경복궁을 시작으로 넓게 펼쳐진 도심 전경이 수선전도首善全圖처럼 한눈에 굽어보인다. 속을 비워 안온해진 몸과 마음이 한결 너그럽고, 서울살이의 팍팍함도 눈 녹듯 사라진다.

사실 내가 이곳을 찾는 이유는 공중화장실 때문만이 아니다. 화장실 앞 도로에 자리한 공공미술작품 〈인왕산에서 굴러온 바위〉 때문이기도 하다. 대학 시절 나에게 건축 저널과 출판의 길을 열어주었던 멘토 최연숙. 그녀와의 인연은 참으로 묘하다. 내가 학생 때 실습을 나간 잡지사 편집팀장으로 처음 인연을 맺었는데, 알고 보니 한동네에 살고 있었고, 2년 후 나의 대학 후문 쪽으로 이사를 왔다. 나중에 내가 결혼해 누상동에 신혼집을 구하고 보니 바로 뒷집에 그녀가 살고 있었다. 그래서 어찌하다 보니 나는 그녀의 이사를 세 번이나 전담 팀처럼 도왔다. 결혼 후 우리가 누상동 이웃이 되었을 때 그녀는 공공미술 프로젝트를 진행한다며 내게 도움을 요청했고, 우리는 경복궁 국립고궁박물관 앞마당에서 〈인왕산에서 굴러온 바위〉를 설치하며 함께 돌을 쌓아올렸다.

그랬던 그녀가 갑작스럽게 암으로 요절하고 5년쯤 지났을까? 우연히 이곳 공중화장실을 찾아왔는데, 그녀와 내가 함께 돌을 쌓아 만든 그 작품을 다시 마주한 것이다. 나는 오랫동안 속절없이 잊고 지낸 정인을 다시 만난 기분이었다. 이런 만남을 주선해준 공중화장실에 고마움과 애착이 생겼다. 생전 그녀를 향한 내 존경과 애정을 이 장소에 심어놓고 기쁜 일이 있거나 어려운 일이 있으면, 아니 특별한 일이 없더라도 이곳에 시시때때로 찾아오게 되었다. 이곳에서 낮은 목소리로 읊조리며 그녀에게 인사를 건네고 대화를 나누곤 한다. 부암동 고개를 오를 때마다 정말 볼일이 급해지는 것인지, 아니면 그녀가 그리워지는 것인지, 나는 애매한 신호음을 따라 이곳을 찾는다. 아무리 어렵고 힘든 일이 있더라도 이곳에 오면 모든 것을 대수롭지 않게 내려놓고 마음을 비울 수 있다. 이곳은 진정 내 마음의 해우소다.

장례식장

정오가 조금 지났을 무렵 문자 하나가 날아들었다. 대학 동기인 경희의 친언니 부고 소식이었다. 빈소는 종암동 뉴타운장례식장. 부슬부슬 비가 내리는데, 저녁에는 A와 청담동에서 선약이 있었다. 나는 잠시 고민하다가 저녁 약속을 마치고 느지막이 빈소를 찾기로 했다. 그렇게 그날 오후를 보내고 저녁 미팅을 마친 뒤 장례식장에 가는데 자꾸 이상한 기분이 들었다. 이 상황과 오늘의 일과가 데자뷔처럼 전혀 낯설지 않았다. 청담동에서 종암동으로 향하는 내부순환도로에 들어 비를 헤치며 운전하는 내내 이런 기시감이 사라지지 않았다. 그리고 그곳 장례식장에 도착한 순간 나는 저 깊이 서랍 속에 묻어둔 사진을 발견한 것처럼 그때 그 일이 선명하게 떠올랐다. 2년 전 경희의 부친상 때문에 이곳에 왔었다. 그런데 우연의 일치인지 그때도 비가 몹시 내렸고, 청담동에서 저녁 약속이 있었고, 내부순환도로를 타고 왔다. 심지어 약속으로 만난 사람도 A였다. 이 모든 상황과 분위기가 막연한 데자뷔가 아니라 실제로 일어났던 일임을 깨달으며 나는 경희가 있는 장례식장을 찾아 뚜벅뚜벅 걸어내려갔다.

내 경조사비 지출에서 조의금이 축의금을 넘어선 지는 이미 꽤 오래됐다. 부고를 듣고 슬픔이 느껴지지 않으면 가지 않는다. 청첩장을 받고 기쁨이 느껴지지 않으면 가지 않는다. 이 두 가지 원칙에는 변함이 없는데, 내 감정선이 이제 기쁨보다는 슬픔에 민감하게 반응하는 것일까. 아니, 그보다는 내 나이가 이제 누군가와의 이별에 익숙해질 때인 것 같다. 친구들 부모님도 일흔과 여든을 오가는 적지 않은 나이고, 경희 언니처럼 50대에 요절하는 사람도 종종 생긴다. 신문을 보니 이미 결혼과 장례에 대한 사회적 통계가 역전되었다고 한다. 2018년 통계청 기준 결혼은 25만 7600건으로 계속 줄고, 장례는 29만 8900건까지 늘어났다. 같은 해 전국 결혼식장 수는 770곳, 장례식장은 2235곳이다. 이제 나뿐만 아니라 우리 모두의 일상에서 국수보다 육개장이, 결혼식장보다 장례식장이 좀더 가까이 있는 상황이다.

그런데 오직 장례식장에 관해서는 나의 공간적 기호나 주관, 평가들이 작동하지를 않는다. 장례식장 또한 공간을 제공하는 서비스업의 일종이므로 위치나 분위기, 인테리어, 음식, 그리고 직원의 태도까지 좋고 나쁨이 있을 텐데, 그렇게 공간에 예민한 내가 장례식장에만 들어서면 아예 무감해진다. 그곳이 장례식장이 아니라면 어두컴컴한 지하 골방과 웅성거리는 소란스러움, 그리고 짜디짠 육개장과 말라비틀어진 부침개 등 하나하나 불평불만을 쏟아낼 텐데 말이다. 결혼식장에 가면 반대로 극도로 예민해져 음식과 인테리어, 조명은 물론 좌석 쿠션에 대해서까지 불평을 늘어놓는데, 장례식장에서는 죽음이라는 필연적 사건과 무거운 슬픔에 짓눌려 공간에 관한 관심이 사그라드는 것이다. 특히 종합병원이나 대학병원의 부속 장례식장 말고, 동네에 따로 있는 장례식장이면 낡고 허름한 경우가 대부분이다. 그러니 공간이 뭐 어쩌고저쩌고 이야기한들 죽음과 상실 앞에서 무슨 의미가 있겠는가.

되돌아보면 장례식장은 나에게 공간적 원형만 있을 뿐 특정한 개개의 공간으로 남아 있는 곳이 없다. 경희네 경우처럼 두세 번 간 장례식장도 여럿 있지만, 특별히 그곳만의 인상이나 분위기가 각인돼 있지는 않다. 장례식장은 어디든 언제든 누구의 부고로 인한 곳이든 마찬가지다. 현관 입구는 상실감을 쫓는 사람들의 담배 연기로 자욱하고, 계단을 따라 지하로 내려가면 어둡고 긴 복도 끝에 빈소가 자리한다. 근위병처럼 도열한 순백의 화환을 지나 빈소로 들어서면 옷을 매만지며 일어서는 상주와 반듯하게 세워진 고인의 영정이 조문객을 맞이한다. 맞은편에 자리한 넓은 방은 이제 동네 식당 모습과 크게 다를 바가 없다. 줄 맞춰 놓인 좌식 테이블 사이사이로 검은 옷을 입은 조문객과 상주가 드문드문 섞여 밥을 먹고 이야기를 나눈다.

장례식장은 그냥 마음을 비우고 오는 곳이다. 웅성거리며 굴 앞을 지키고 있는 사람들, 오열하며 통곡하는 사람들과 주린 배를 육개장으로 채워가며 서로의 안부를 묻는 일상이 함께 있는 곳. 사실 그곳에는 장소가 없다. 다만 사건이 있을 뿐이다. 고인의 명복을 빌고, 상주에게 위로를 전하러 가는 것이지만, 실상 장례식장에서 가장 위로받는 것은 나 자신이다. 세상에 대한 집착에서 잠시 벗어나 망자로부터 일종의 위로와 안식을 얻는다. 그곳에 있다보면 내가 품은 세상의 작고 큰 괴로움이 죽음이라는 필연적인 사건 앞에서 별일 아닌 것이 되고 만다.

목욕탕

후유! 15년이 넘도록 잡지사를 다니며 매달 겪는 일이지만 마감은 여전히 쉽지 않다. 한 달 내내 몸과 마음을 옥죄고 있던 긴장의 끈이 탁 풀리자 나도 모르게 전신이 축 늘어진다. 긴장감이 빠져나간 자리에 다시 밀물처럼 나른함이 스며든다. 한 달 동안 열심히 살아온 나를 격려하고 보듬기에 적절한 공간은 어디일까? 월차를 내고 게으름을 피우는 아침, 이런 생각 끝에 어김없이 맨몸으로 동네 목욕탕을 향한다. 때수건이나 비누 한 장 없이. 나는 몸을 씻거나 때를 밀기 위해 목욕탕에 가지 않는다. 지난 스페인 유학 생활을 통해 비로소 터득한 진리인데, 때라는 건 안 씻어서가 아니라 계속 밀기 때문에 생기는 것이더라. 자의 반 타의 반 때밀기를 멀리한 후 지금까지 때수건을 몸에 대본 적이 없다. 그저 목욕탕이라는 공간의 분위기와 온도가 좋다. 내 오감을 적셔오는 따스하고 축축한 대기가 연인의 살갗처럼 늘 그립다. 특히 온탕에 몸을 담그는 게 그렇다.

김이 모락모락 피어오르는 온탕에 몸을 담근다. 갑작스러운 온도 변화에 곤두섰던 온몸의 감각이 이내 다시 축 늘어지고 풀어진다. 그래 이거야…… 똑! 똑! 천장에 맺혀 있던 물방울이 이마를 때리고, 아직 물방울이 되지 못한 수증기는 공중을 떠돈다. 난 그 좁은 온탕 속에서 대서양이라도 마주한 듯 깊은 상념에 잠긴다. 물의 부력에 몸을 맡기니 그동안 애써 눌러놓았던 감정의 편린들이 하나둘 수면 위로 떠오른다. 그달 취재하며 만났던 아니꼬운 밉상들, 그러면서 쌓인 언짢았던 감정, 그리고 미안한 사람들에 대한 작은 자책들이 탕 안의 때와 함께 붕붕 떠오른다. 잡지사 편집장이란 모든 사람에게 좋은 사람이 될 수 없다. 착한 사람 콤플렉스에 시달리는 나는 나쁜 사람이 될 수밖에 없는 직업적 딜레마를 이렇게 한 달에 한 번 탕 속에서 가만히 씻어낸다. 이것은 일종의 의식이다. 잡념을 털어내고 미련을 걷어내고, 다음달을 위해 다시 새하얀 천을 마음 위에 올려둔다. 수증기와 온기, 그리고 물소리와 웅성거리는 언어로 가득 찬 목욕탕은 내가 이 일을 계속하기 위해 꼭 필요한 공간이다.

목욕탕은 참 특별한 공간이다. 이곳에는 특별히 없는 것이 있다. 밖을 내다볼 수 있는 창이 없고, 신분과 계급이 없다. 마지막 남은 팬티 한 장마저 벗고 나면 자기에게 주어졌던, 아니 애써 가꿔왔던 계층의 흔적이 아무것도 남지 않는다. 목욕탕에 들어오는 순간 사람들은 자신을 규정하는 모든 사회적 이미지를 벗는다. 구부정하게 때를 밀고 있는 저 할아버지의 차가 벤츠라는 것도 모르고, 때수건으로 사타구니를 빽빽 문지르는 저이가 대학교수라는 사실도 알 수 없다. 그들의 옷장 속 명품도 소용없다. 그저 훌훌 벗어버린 맨몸으로 들어오니 그가 어느 아파트 몇 평에 사는지, 사장인지 종업원인지 알 길이 없다. 간혹 몸을 도화지 삼아 호랑이와 용을 그린 형님들이야 신분이 드러나겠지만 우리 동네에서는 귀여운 미키마우스 한 마리도 보기 어렵다.

이런 측면에서 보면 목욕탕이야말로 진정 이상적인 공공공간이다. 공공공간은 신분과 계층을 초월해 어떠한 사회적·정치적 이념과 편향성에도 구애받지 않고 점유하거나 사용할 수 있어야 한다. 그러나 실제로 어디 우리 주변의 거리와 광장, 공공기관과 청사 등이 그러한가? 사람들은 옷과 시계, 자동차로 신분을 드러내고, 또 주변에서는 그에 걸맞게 대우한다. 그러니 없는 사람 입장에서는 뭔가 걸치고 있으면 불편해진다. 하지만

@hoonbob_ovrn

딱 한 군데, 걸친 걸 다 내려놓아야 입장할 수 있는 곳이 목욕탕이다. 그렇기에 목욕탕은 단순한 위생시설 차원을 넘어, 탈신분화된 진정한 공공공간으로 작동할 수 있다. 게다가 목욕탕에는 감시의 시선이 존재하지 않는다. 이 도시에서 CCTV가 없는 거의 유일한 장소가 목욕탕이다.

천 평쯤 되는 목욕탕을 만들어 사람들에게 무료로 개방하자. 이런 공공의 광장을 만들어야 한다. 그 속에서 알몸으로 탄핵을 논하고, 문화를 나누며, 시민사회를 꽃피우자. 가장 내밀하고 은밀해야 할 공간이 공공공간이 된다면 정말 근사하지 않을까?

씻는다는 행위는 위생과 청결에 관한 문제일 텐데, 이제 목욕탕을 위생관리 차원에서 찾는 사람이 과연 얼마나 될까? 어렸을 적 산동네 비탈에 살던 때야 연탄아궁이에서 물을 퍼 날라 윗집의 시선을 피해 씻어야 했기에 목욕탕이 절실했지만, 지금이야 어디 그런가. 각설하고, 다음달 마감 후에는 옆 동네로 목욕탕 원정을 가야겠다. 이 동네 대여섯 곳을 가보았지만 딱히 마음에 드는 데가 없다.

패스트푸드점

어제저녁 뉴스를 보면서 또 울화가 치밀고 말았다. 왜 애꿎은 공간이 분노의 표적이 되어야 할까? 제3세계 시위대들은 국제화와 자본주의에 대한 반감으로 걸핏하면 맥도날드 같은 패스트푸드점에 돌과 화염병을 던지는데, 나는 그들 앞을 막아서고 싶다. 어떤 공간이 그 용도나 기능을 넘어 글로벌 자본주의의 상징이 된다는 건 공간의 정치성, 즉 그곳에 투영된 이데올로기의 문제다. 패스트푸드의 정치성은 다국적 기업, 특히 미국 자본주의 패권을 대변한다는 데 있다.

하지만 결단코 이렇게 은혜로운 공간은 세상에 또 없다. 비단 5000원 대 런치세트로 한끼를 해결할 수 있다는 경제적 측면만을 말하는 것이 아니다. 패스트푸드점은 배고픈 자들과 갈 곳 잃은 방랑객들을 넉넉히 받아주며, 도시를 활보하는 뚜벅이들에겐 쉼터가 된다. 이곳에서는 무엇을 먹든 먹지 않든 그 공간을 점유할 수 있다. 들어오는 손님을 하나씩 낚아채 강제로 자리에 앉혀 주문을 채근하는 사장도 없고, 무엇을 먹었는지 돌아다니면서 테이블을 확인하는 종업원도 없다. (사실 양심적으로 음료나 감자튀김 하나라도 주문해 테이블에 올려두면 마음이 좀 편하다.) 나의 소비수준과 무거운 엉덩이를 감시하는 시선이 존재하지 않는다는 것, 이것이야말로 글로벌 자본주의라는 추상적인 이미지를 떠나 우리 일상에 실재하는 이 공간의 중요한 이데올로기다.

나는 그들을 국제화와 자본주의의 첨병처럼 여기며 돌팔매질을 하는 시위대를 원망 가득한 시선으로 바라본다. 서울 올림픽 이후 1990년대 국내에 퍼진 패스트푸드점은 사실 우리 공간 문화 일대 변혁을 일으켰다. 셀프서비스는 당시 낯설고 황당하기 이를 데 없는 문화였다. 손님은 왕이건만 직접 와서 계산하고 음식을 받아가라고? 패스트푸드점에서 시작한 셀프서비스는 이후 다른 레스토랑, 푸드코트, 카페 등 우리 식문화 공간 곳곳으로 파고들었다. 그러면서 공간을 점유하고 소비하는 방식도 달라지고 이용자들의 심리적 변화까지 일어났다.

햄버거를 먹지 않고도 '햄버거에 대한 명상'이 가능한 곳. 패스트푸드점은 자율과 개방의 논리로 구축된 열린 공간이다. 이곳에서 음식은 두번째 문제가 된다. 누군가를 만나기로 약속했는데 자투리 시간이 남았을 때, 나는 추위와 더위를 피해 여지없이 패스트푸드점을 찾아들어간다. 카페에 갈 만한 여유와 명분이 없을 때 이곳은 내 갈 곳 잃은 시간을 넉넉히 받아준다.

흥미로운 건 이런 패스트푸드점이 이제 젊은 사람들만의 문화가 아니라는 것이다. 어딜 가나 이제는 패스트푸드점에서 시간을 보내는 노장년층을 쉽게 그리고 아주 많이 접할 수 있다. 과거에는 미국문화의 대명사로 20~30대가 주 이용 계층이었는데, 20여 년이 지난 지금은 자연스럽게 소비 주체도 넓어지고, 주머니 사정이 여의치 않은 노인들이 즐겨 찾는 곳이 됐다. 오죽하면 일본에서는 패스트푸드점에서 커피 한 잔 시켜놓고 온종일 자리를 뜨지 않는 노인들이 사회문제가 되어 신문 기사까지 났을까. 고령화 시대로 접어든 일본에서 햄버거집이 오히려 늘어나는 추세를 보인다는 것은 음식보다 공간문화에 기인한 현상일 것이다. "패스트푸드의 등장은 여성, 청년, 노인 들에게 일종의 대안적 공간을 제공하는 역할을 했다"는 주장도 있고 패스트푸드가 혼밥 문화의 폭을 넓혔다는 견해도 있다("'혼밥'은 공중보건의 문제다", 류한소, 프레시안, 2018년 1월 5일). 또

나의 배고픈 스페인 유학 시절, 한국이 그리울 때마다 찾았던 곳은 아이러니하게도 30유로 남짓 내야 하는 한국 식당이 아니라 5유로면 충분히 배를 채울 수 있는 맥도날드였다. 이미 햄버거라는 서양 음식은 나에게 타국에서 고향의 그리움을 달래주는 익숙한 맛이 된 것이다. 그것이 우리 고유의 맛은 아니라고? 그래도 괜찮다. 매일 먹는 것도 아니니.

허기진 배를 적은 돈으로 채울 수 있는 이곳은 단지 먹는 곳이라기보다 시간의 틈새를 메우는 새로운 공간문화의 출발점이다. 이제 이곳의 이름을 바꿀 때도 되었다. 예전에는 시간이 없어 음식을 허겁지겁 먹고 빨리 떠나는 곳처럼 인식됐지만 이제 이곳엔 급히 한 끼 식사를 해결하러 오는 사람만 있는 게 아니다. 나는 오히려 주체할 수 없는 시간을 보내기 위해 이곳을 찾는다. 사실 글을 쓰고 있는 지금도 나는 20~30분 붕 떠버린 시간을 유용하기 위해 집 근처 전통의 롯데리아에 앉아 있다. 물론 테이블 위에 감자튀김 하나는 올려놓았다.

대형 마트

우리 주변에는 '좋아해서 가는 공간'과 '필요해서 가는 공간'이 있다. 사회적 규율이 강제하지 않는다면 우리는 대부분 좋아하는 공간에 간다. 미술관과 도서관을 좋아해서 가고, 식당과 카페도 좋아해서 가며, 수영장이나 체육관, 공원도 좋아하기 때문에 간다. 필요해서 가는 공간으로는 병원, 주민센터 등이 있지만, 이보다 더 자주 가는 곳이 대형 마트다. 사실 엄밀히 따지자면 대형 마트에 대한 내 감정선은 '좋아요'와 '필요해' 사이를 오간다.

대형 마트가 없던 시절 우리는 그 '필요'를 어떻게 충족하며 살았는지 기억나지 않을 만큼 대형 마트는 우리 삶을 크게 바꾸어놓았다. '규모의 경제'를 보여주는 공간적 교과서로서, 가격 경쟁력과 광폭의 아이템으로 무장한 대형 마트는 대한민국 소시민들에게 백화점의 대체재로서 소비생활 깊숙이 들어와 자리 잡았다. 한 달에 서너 번 가족 모두가 대형 마트에 가는 것이 이제 주말의 일상이 되었다.

아이들이 있는 집은 알겠지만 대형 마트는 단순한 상점이 아니라 하나의 산책 코스이자 외출 장소다. 애들이 방바닥에서 주리를 트니 어디든 나가야겠고, 미세먼지에 비바람에 날씨는 좋지 않고, 집 주변에 딱히 갈 만한 곳도 없는데 마침 집에 먹을 건 떨어졌고…… 이런 때 아이가 있는 집은 별 고민 없이 대형 마트에 간다. 주말 나들이에 대한 빈곤한 상상력과 엄마 아빠의 무기력증이 적당히 얼버무려질 때쯤 "그냥 마트나 가자"는 말이 딱 나온다. 엄마 아빠는 밑 빠진 독 같은 냉장고를 채울 식재료를 고르며 2인 1조로 분주히 물건을 받아 담다가도 어느새 약속한 듯 맥주 매대와 안주 매대를 슬며시 기웃거린다. 아이들이야 놀이동산 범퍼카라도 탄 것처럼 카트 위에 앉아 라이딩을 즐기며 과자와 장난감 매대를 찾아 헤맨다. 대형 마트라는 공간이 우리 장보기 문화를 바꾼 것은 틀림없다. 아이템 특화 소매점들을 돌며 주로 가사를 맡은 사람이 장을 보던 시기를 지나 남녀노소 함께하는 백화점식 장보기가 가능해진 것이다.

@siteandpage

이렇게 '필요'에 의해 대형 마트에 갈 때마다 내 머릿속에는 두 가지 예술작품이 떠오른다. 하나는 독일 사진작가 안드레아 구르스키의 작품 〈99센트 숍〉이고, 다른 하나는 바버라 크루거의 작품 〈나는 쇼핑한다, 고로 존재한다I shop, therefore I am〉이다. 두 예술가가 비판적 시각으로 바라보는 대량생산과 자본주의 소비문화가 나의 일상에서는 딱 대형 마트라는 공간에서 노골적으로 드러나는 기분이다. 대형 마트에는 거대함과 물량이 주는 압도감과 상품의 미학이 있다. 1999년에 찍은 사진 〈99센트 숍〉은 미국의 할인상점 내부를 담은 것으로, 가로 336.9센티미터, 세로 207센티미터라는 대형 프린트에 우리 주변에서 흔히 볼 수 있는 대형 마트의 풍경을 압도적 파노라마로 담아냈다. 형형색색 상품들이 줄 맞추어 빼곡히 정렬된 마트 풍경. 구르스키는 "대량생산과 소비문화가 공존하는 사회를 표현하고자 이 사진을 찍었다"며 "99센트 숍이 우리 사회를 대표하는 가장 적합한 장소라고 생각한다"고 말했다. 평소 유심히 들여다볼 일 없던 자본주의의 민낯을 대형 마트는 너무 적나라하게 까발린다. 숨막히는 자본주의의 스펙터클 위를 나는 매주 파도 타듯 떠다녀야 하고, 그사이 인파에 밀려 뭔가 생각할 겨를 없이 물건을 주워 담는다. 산 것을 계산하고 차에 실을 때면, 바버라 크루거의 말처럼 '정말 소비하지 않고서는 이 사회에서 내 존재

가치를 증명할 길이 없구나' 하는 슬픔이 차갑게 밀려온다. 이런 기분이 엄습하는 가장 큰 원인은 대부분 내가 이곳을 '좋아해서'가 아니라 '필요해서' 찾았기 때문이리라.

어떤 공간을 특별한 감정 없이 매주 다녀야 한다는 것은 서글픈 일이다. 나는 대형 마트에 갈 때마다 '먹고사는 문제가 이렇게 중요하고 힘들구나' 하는 생각이 든다. 아이러니하게도 온갖 식재료와 식품이 높은 산처럼 쌓여 있는 대형 마트 진열장 앞에만 서면 나는 그냥 알약 몇 개로 영양 섭취와 생존이 가능한 미니멀 라이프를 꿈꾼다. 대형 마트에 대한 내 감정이 '필요해'에서 '좋아요'로 바뀌고, 그곳에서 떠올리는 예술작품이 안드레아 구르스키나 바버라 크루거의 것이 아닌 클로드 모네의 것이면 좋겠다.

편의점

내 주변에도 귀촌을 선택한 사람이 생겼다. 서울살이를 정리하고 울산시 울주군으로 내려간 성준이 형 가족이 그 주인공이다. 울산 도심을 벗어나 차로 20분을 쉬지 않고 가야 하는 시골에 '어쩌다 이웃'이라는 이름으로 단출한 집 세 채를 짓고 지인들과 함께 산다. 나는 그의 새로운 생활과 집이 너무도 궁금해 일부러 울산 출장을 만들고 하룻밤을 그의 집에서 보내기로 했다.

집은 아늑하고 풍요로웠다. 바비큐를 즐길 수 있는 마당의 퍼걸러, 넓고 개방적인 아일랜드형 주방은 음주와 수다에 최적화된 구조였다. 거실에 있으면 집 앞의 논과 먼 들녘에 눈을 뺏겨 자리를 뜰 수 없었다. 그때까지만 해도 아파트에 살던 내게,

그곳은 온갖 종류의 부러움을 불러일으키는 아주 위험한 집이었다. 그날 밤 우리는 마당에 모닥불을 피우고 와인을 마시며 이런저런 이야기를 나눴다. 그러다가 문득 이렇게 물었다.

"형, 이곳에 살면서 가장 어렵고 힘든 점이 뭐야?"

내심 도시와 다를 수밖에 없는 이곳의 교육환경이나 치안, 복지, 교통, 이도 아니라면 이웃의 텃세 등 뉴스나 시사 프로그램에 나올 법한 멘트를 생각했는데, 전혀 예상치 못한 답이 돌아왔다.

"어, 주변에 편의점이 없는 것. 아주 미칠 것 같다!"

잉? 겨우 그거? 단 1초의 망설임도 없이 편의점이 없어 너무 힘들다는 성준이 형. 편의점이 뭐기에 치안과 교육, 복지 등 주거의 여러 이슈를 제치고 그의 생활에서 미치도록 그리운 공간이 된 걸까? 그다음날 발견한 것인데, 형은 그 울적함을 달래기 위해 1층 창고 중 한곳에 '훼미리마트Family Mart'라는 간판을 걸고 조그맣게 그들만의 편의점을 만들어 사용하고 있었다. 아이들은 이곳을 드나들며 간식을 찾아 먹고, 형수는 이곳에서 식자재를 조달하고, 형은 이곳에 술과 안주를 쌓아놓고 있었다. 이튿날 형네 집을 나서서 서울로 올라가는 길에 가장 가까운 국도변 편의점이 어디 있는지 살폈다. 차로 대략 10분이 걸렸다.

그로부터 3년이 지난 지금 나도 시골살이에 동참하고 있는데, 그때 성준이 형이 무슨 뜻으로 그런 말을 했는지 또 형이 어떤 정서적 위기와 절박함에 직면해 있었는지 비로소 깨닫게 됐다. 당연히 우리집 근처에도 편의점은 없고, 차로 5분 정도 나가야 한다. 서울로 향하는 출근길에 공사중인 건물이라도 만나면 혹시 여기에 편의점이 들어오려나 내심 기대하며 지켜보게 된다. 사실 우리 동네 입구에 '편의점'이라고 간판을 건 곳이 하나 있긴 한데, 막상 가보니 느지막이 문을 열고 일찌감치 문을 닫는, 동네 사람들 사랑방 같은 전형적인 구멍가게였다. 서울에서 편의점을 참새 방앗간처럼 드나들던 딸은 그래도 이곳에 정을 붙이고 나름대로 단골 노릇을 하며 아줌마와 안면을 텄다. 하지만 나는 여전히 뭔가 아쉽다. 한여름 열대야의 무더위를 식혀줄 시원한 캔맥주 하나가 딱 떨어진 순간들이 있다. 미리 예측하거나 준비할 수 없는 우리의 욕구. 그것이 벌건 대낮에 치솟아오르든 새벽 두시에 불현듯 간절해지든 편의점은 대체할 수 없는 갈망이 절절해지는 그 순간 해갈할 수 있는 오아시스다.

성준이 형이 여러 사회적 이슈를 제쳐두고 편의점을 꼽은 것은 사실 의미심장한 부분이 있다. 이제는 편의점 하나가 동네 치안과 복지, 금융, 유통, 여가, 의료까지 담당하는 상황이 되어버렸다. 2018년 기준 전국에 3만 8451개의 편의점이 있고, 1년에 3000~4000개의 편의점이 새로 생기고 있다. 우리는 이 공간에 식품, 약품, 치킨은 물론이고 택배와 치안 서비스까지 정말 많은 것을 위탁하며 의존하고 있다. 평균 22평에 불과한 이 작은 공간에 평균 2200여 종의 물건이 진열돼 있다. 우리는 무엇을 이렇게 많이 밀어 담은 것일까? 대한민국은 최초 발상지 미국과, 최대 발흥지 일본과 대만을 제치고 인구 대비 편의점 수가 지구상에서 가장 많은 나라라고 한다(전상인, 『편의점 사회학』 민음사, 2014). 한국은 아파트 공화국을 넘어 편의점 공화국이 되었다. 그러나 한편으로 편의점은 잠들 수 없는 지금의 피로사회를 웅변하는 창백하고 불안한 공간처럼 보인다. 편의점이 고맙기도 하지만 그 이면의 애처로움을 지울 수가 없다.

편의점은 외롭고 소란스러운 도시에서 길을 밝히는 뭍 위의 등대다. 인적이 사라지고 어둠이 스며든 골목길 끝에 편의점이라도 하나 있으면 졸아들었던 마음이 어느새 펴지고, 때를 놓쳐 찾아든 불청객 같은 허기를 삼각김밥 하나로 달래 보낼 수 있으며, 새벽녘 일을 마치고 언 몸에 따스한 커피와 온기를 공급해줄 수 있다. 요즘처럼 혼자 살고, 혼자 먹고, 혼자 노는 사람이 많아진 상황에서 편의점은 혼자라는 외로움과 어색함을 지워주는, 늘 곁에 있는 친구와도 같다. 그러니 성준이 형은 그 친구를 두고 도시를 떠나온 것이다. 나도 그 친구가 못내 그립다.

철물점

우리는 마침내 아파트를 떠나기로 했다. 공동주택이 주는 편리함과 안정감을 뒤로하고 경기도 장흥에 단독주택을 지어 이사하기로 한 것이다. 내 주소지에서 '구'와 '동'을 떼어버리고 '면'과 '리'를 받아들여야 하는 시골살이가 시작되었다. 전학 가기 싫다는 아이들을 마당과 강아지로 꼬드기고, 꽃을 좋아하는 장모님은 전용 텃밭과 꽃밭으로 설득해 2년 만에 성공하기에 이르렀다. 이렇게 일을 저질렀을 때만 해도 전원생활에서 내 역할이 어떻게 바뀔지 전혀 짐작하지 못했다. 정확히 말해 우리 집 공사가 시작되기 전까지는 말이다.

공사가 시작되자 현장에는 터프한 사내들이 넘쳐났다. 개중에는 멋진 연장을 허리띠에 가지런히 두르고 보안관처럼 날렵하게 빼내어 쓰는 솜씨 좋은 목수들도 있었다. 총을 허리에 차고, 나사와 못을 입에 물고 가설 비계에 매달려 작업하는 그들은 정말이지 서부를 개척하는 황야의 무법자 같았다. 나는 어느 순간부터 그런 그들과 공사 감리를 맡은 아내의 잔심부름을 도맡아 철물점을 드나들기 시작했다. 면장갑, 포대, 삽, 곡괭이, 망치, 못, 볼트와 너트, 실리콘, 노끈, 빗자루, 고추 지지대 등등. '고추 농사에 필요한 고추 지지대가 공사장에 왜 필요할까?'하는 의문이 생겨도 토를 달지 않았다. 그냥 때려박으면 되는 줄 알았던 못은 또 종류가 왜 이리 많은지……

그런데 이렇게 철물점을 오가는 사이 불길한 예감이 피어올랐다. 공사가 끝나고 이 사내들이 사라지더라도 나는 계속 여길 드나들 것 같은 느낌적인 느낌. 아니, 오히려 더 심해질 것 같다는 직감.

아파트 살 때야 주변에 철물점이 없고, 또 있다 하더라도 갈 일이 없었다. 간단한 연장과 도구는 마트에서도 팔고, 또 뭔가 고칠 일이 생기면 나는 늘 '괜히 만져서 고생하지 말고 사람 부르자'는 입장을 한결같이 고수했다. 실제로 아파트에서는 모든 집이 똑같은 수도꼭지에 똑같은 변기, 똑같은 조명, 똑같은 열쇠, 똑같은 전구를 쓰기 때문에 수리나 유지도 그다지 어렵지 않고, 말만 잘하면 관리사무소 아저씨들이 가끔 직접 고쳐주시기까지 했다. 그 때문에 "사람 부릅시다"라는 말로 어렵지 않게 내게 주어진 부역의 의무를 피해갈 수 있었다. 근데 이제는 그 '사람'이 내가 될 판이다.

아니나다를까, 이사를 마치기 무섭게 나는 또 철물점을 향하고 있었다. 솔직히 철물점이 이렇게 생활밀착형 공간인지 몰랐다. 아파트라는 울타리를 벗어나면 철물점은 생활을 영위하기 위해 꼭 필요한 가게가 된다. 식욕 좋은 중고생들이 드나드는 학교 앞 편의점 수준이다.

그런데 나는 이 철물점에 가면 주눅이 들고 만다. 고장난 수도꼭지처럼 말이 우물쭈물 줄줄 새고, 깜박거리는 전구처럼 사야 할 물건 이름이 생각나지 않아 어디다 쓰려는지 장황하게 설명하게 된다. 가뜩이나 부족한 내 '남자다움'이 더없이 빈곤하고 측은해 보이는 공간이 철물점이다. "못 하나 제대로 박지 못한다"는 핀잔은 딱 나를 두고 하는 말 같다.

참고로 말하면 나는 직접 도구를 써서 조립해야 하는 가구를 정말 싫어한다. 이번에 집을 지으면서도 제일 처음 아내에게 다짐받았던 것이, 조립식 가구 사지 않겠다는 것이었다. 고백하자면 전에 살던 아파트의 싱크대 수도꼭지가 좀 헐거워져 물이 똑! 똑! 1초 간격으로 계속 떨어졌는데, 나는 수도꼭지를 교체

@copigana

할 생각 없이 2년 동안 바가지를 받쳐놓고 살았다. 지금도 아내가 사다놓은 거실 커튼봉을 반년째 방치중이다.

철제 앵글로 짜인 선반 사이를 빼곡히 채운 기계와 연장들. 철물점은 장식이라는 인간의 부가적 행위가 발을 들이기 어려운 공간이다. 반면 어떤 사람들에게는 환상적인 만물상이다. 장난감 가게가 아이들에게 선사하는 판타지를 그들은 철물점에서 느끼며 흥분한다. 한번은 홍익대학교 건축학과 교수님의 초대로 강원도 양구 별장에 갔는데, 그가 주변 관광지는 다 생략하고 양구 시내 대형 철물점을 자랑하듯 구경시켜주며 쇼핑을 즐긴 적이 있다. 서울에서는 보지 못한 그곳 철물점의 위엄은 거기 있는 도구와 연장만으로도 집 한 채는 너끈하게 짓고 남겠다는 확신을 심어주었다. 물론 그 교수님은 별장에 도착하자마자 자신의 연장을 꺼내 집 이곳저곳을 계속 수리하고, 심지어 이튿날에는 보기만 해도 살 떨리는 전기톱을 젓가락질하듯 다루며 장작을 잘랐다.

그러니 나도 이제 샌님 코스프레를 포기하고 야생의 자연인이 될 때인가? 아니, 자연인 코스프레를 해야 할 때인가? 지금껏 내 연장이라면 한 손에 쏙 안기는 연필과 볼펜 정도였는데, 요즘은 묵직한 삽과 괭이를 들고 있는 시간이 점점 그 시간을 앞지르고 있다. 이사온 집 근처에서는 문구점이나 편의점을 더

이상 찾아볼 수 없다. 대신 마을 입구에 철물점이 떡하니 자리 잡고 있다. "웰컴 투 더 와일드 월드!"라고 외치면서 말이다.

미술관

회사원이라면 누구나 월요병이 조금씩 있다. 새벽 알람에 관자놀이가 띵하고, 만원 버스로 향하는 발걸음은 무겁고, 못마땅한 부장님 얼굴을 봐야 한다는 생각에 가슴이 답답해져온다. 성인군자가 아니고서야 회사원들의 마음은 비슷하지 않을까? 그래서 다들 월요병을 극복하는 자기만의 처방전이 있을 것이다. 쉽게는 진한 커피로 정신을 맑게 하기도 하고, 출근 전에 월요일만의 다른 루틴을 만들어 재미를 찾기도 하고……

잡지사 편집장이었던 내겐 월요일 이른 오전에 외근을 만들어 사무실 출근을 피하는 게 가장 좋은 방법이었다. 그중 미술관은 특별한 용무가 없음에도 특별한 핑계를 만들어 월요일을 특별하게 시작할 수 있는 특별한 공간이었다. 그래서인지 내 월요병은 '출근하기 싫다'는 네거티브가 아니라 '미술관에 가고 싶다'는 포지티브형의 중증이었다. 일요일 저녁만 되면 알코올 의존증 환자가 술을 그리워하듯 미술관 생각이 스멀스멀 머리를 맴돌았다.

현대미술은 생각만큼 쉽지 않다. 그렇다고 정답이 있는 것도 아니니 자기가 생각하는 대로 보고 이해하면 된다. 미술관에 가면 모두 팔짱을 끼고 뒷짐을 지는 이유가 그 정답 없는 미술 세계에 대한 해석으로 생각이 깊어지기 때문이다. 눈은 벽면의 작품에 못박히고, 어두운 회랑을 따라 드문드문 놓인 조명 속에 자기를 쓱 밀어넣는다. 앞에 걸린 작품이 누구 것이든 간에 관객과 작품 사이에 시간을 건넌 대화가 이루어진다. 짧게는 수년에서 길게는 수백 년을 건너 우리는 그 장면과 인물, 상황을 천천히 읽어나간다. 미술관은 이렇듯 시간과 장소를 뛰어넘어 일상에 젖어 있던 우리 감각이 또다른 감각 세계를 만나 대화를 나누는 공간이다. 그곳은 소란 대신 침묵으로 가득하지만, 그 침묵은 수백 개의 독백으로 가득찬 고요다.

미술관은 생각이 깊어지는 공간이다. 그래서 미술관에서 나는 '본다'는 행위만큼 '걷는다'는 행위를 중요하게 여긴다. 정원이나 공원이 아님에도 미술관처럼 산책이 자연스러운 공간이 있을까? 그것도 실내에서 말이다. 미술관에선 걸음이 늘어질수록 작품과의 대화나 이야기가 풍요로워진다. 설령 미술에 관심이 없더라도 미술관은 산책하기 좋은 공간이다.

생각해보면 내가 미술관을 즐겨 찾게 된 것은 과천에 있는 국립현대미술관 때문이다. 그때는 국립현대미술관이 과천에만 있었는데, 미술계는 접근성 문제를 들어 서울관 건립을 추진하던 상황이었다. 하지만 나는 오히려 그곳이 좀 멀어서 좋았다. 자주 가는 것도 아니고 1년에 대여섯 번이 고작인데 좀 멀면 어떤가. 지하철 4호선을 타고 살짝 지루해질 때쯤 대공원역에 도착해 나른한 걸음으로 20분 정도 걸으면 미술관이 나온다. 언덕배기에 자리잡은 야외 조각 전시장은 말할 것도 없고, 내부 전시장도 긴 걸음이 필요한 공간적 여유가 있다. 프랭크 로이드 라이트가 설계한 구겐하임미술관이 긴 나선형 경사로와 회랑으로만 이루어진 이유도 미술관은 산책하는 장소이기도 하다는 걸 고려했기 때문 아닐까?

그래서 나는 블록버스터급 명화 전시에는 별로 관심이 없다. 고흐 등 유명 작가의 명화를 감상한다는 건 매력적이지만 그런 전시를 하는 미술관 대부분이 인파에 떠밀려다니는 지하철 승강장과 다름없게 느껴진다. 유명한 대표 작품 앞에는 이미 환승역이나 개찰구 수준으로 사람들이 겹겹이 줄지어 있고, 그 틈바

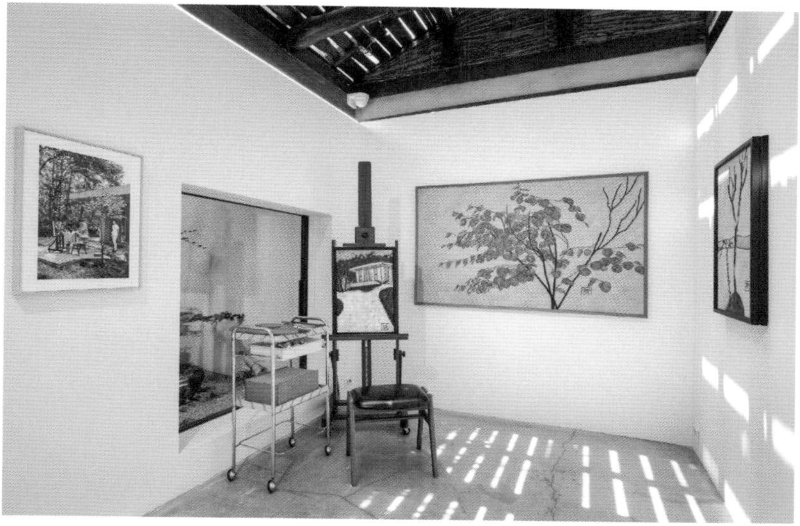

@rohspace

구니에서 앞뒤로 사람들 사이에 끼여 잰걸음으로 나아가야 한다. 이건 산책이 아니다.

처음, 나에게 미술관은 문화적 허영과 가식을 내보이려고 입던 불편한 슈트 같은 의상이었다. 뭔가 아는 것 같은 표정과 몸짓으로 작가의 심오한 예술세계를 충분히 이해한다는 듯 얼마쯤 오만하게 가식적으로 행동했고, 그것을 이해하지 못한 사람들에게는 은근히 깔보는 시선을 보내기도 했다. 슈트가 불편했지만 그래도 멋져 보이려면 한 달에 한두 번은 입어야 했다.

사람들의 교양과 지적 수준을 가늠하는 척도로 미술관에 얼마나 자주 가는지 묻던 시절이 있었다. 그런 분위기였으니 미술이 정말 좋아서라기보다 문화적 비하와 멸시를 피하기 위한 나름의 고육지책으로 미술관을 찾았던 것 같다. 그런데 직업상 미술관을 자주 찾게 되면서 오히려 이런 나의 경직된 사고와 시선에서 벗어날 수 있었다. 지금 나에게 미술관은 마치 편안한 라운지 웨어 같은 공간이다.

'미술관'에서 가운데 글자 '술術'은 '다닐 행'을 부수로 하는 한자이고, 여기엔 '길'이라는 뜻도 있다. 그러니 어쩌면 미술관의 공간적 본질은 산책 아닐까. 오늘도 내 업무기록일지에는 '○○○미술관 전시 취재'라는 이유가 달리고, 나는 사무실 문을 나선다. 작가나 큐레이터를 만나 인터뷰를 할 생각도 없고,

수첩에 꼼꼼히 스케치와 생각을 남기며 현장감 넘치는 기사를 쓸 생각도 없다. 회사를 반쯤 속이는 것 같아 미안하지만, 그래도 이런 즐거움과 작은 일탈이라도 있어야 내 일상이 다시 활기를 찾는다.

은행

돌이켜보면 나의 가장 바보 같은 선택은 고등학교 때 이과에 진학한 것이다. 그것은 수학이나 과학, 기술에 흥미가 있어서라기보다 오로지 영어라는 과목이 싫어서 내린 도피책이었다. 그런데 나라는 사람에 대해 알아갈수록 나는 문과적 기질이 다분한 놈이었다. 등 떠밀려 공대 진학을 결정하면서 그래도 문과와 친해 보이는 건축을 부여잡은 것도, 졸업 후 친구들이 모두 설계사무소나 건설회사에 취업할 때 잡지사 기자가 되겠다고 한 것도 그런 이유 때문 아니었을까? 어쨌든 난 숫자보다는 글자가 좋다. 요즘은 초등학생 딸아이가 네 자리 나눗셈 문제를 들고 올까 노심초사에 전전긍긍이다.

그래서일까, 모든 것이 숫자로 환원되고 평가되는 분야에 본능적 거부감이 생긴다. 누군가의 전화번호나 생일, 버스 번호를 기억하는 사소한 일부터 수학, 물리, 세무, 심지어 369 게임에까지 어려움을 겪는다. 숫자로 이루어진 세계에서 내 더듬이는 축 늘어져 작동하지 않는다. 나의 일상적 공간 중에서 은행이란 곳이 그랬다.

은행에서는 숫자가 진리다. 학문적 소양이 깊고, 도덕적으로 올바를뿐더러 계획적이고 성실해 아주 미래가 밝다는 내 소개는 은행에선 그냥 무용한 헛소리일 뿐이다. 나도 숫자로 환원, 평가되어 등급이 매겨진 후 다른 사람들과 나란히 분류된다. 내 소득과 신용 카드 사용액, 통장 잔고가 근수 재듯 나라는 사람을 달아버린다. 그래서 은행은 인정머리없는 차가운 공간이다. 아주 작은 이변도 일어날 여지 없는 사무적인 공간.

몇 년 전 스페인 유학을 마치고 돌아와 전세보증금 대출을 받으려고 은행에 갔을 때, 전년도 소득이 없고, 취업한 지 얼마 되지 않아 은행원의 밝은 미소로 문적박대를 당한 적이 있다. "선생님, 대출이 어렵겠는데요."

그리고 또 얼마 전 다시 한번 이사를 준비하며 은행을 찾았다. 나이가 들면서 은행을 찾는 일이 빈번해진 게 내 삶의 무게가 그만큼 늘어난 것 같기도 하고…… 어쨌든 은행 몇 군데를

돌며 대출 원금과 금리를 따져가며 설명을 듣고 있는데, 복잡한 숫자에 이해하기 어려운 상환 방식을 듣고 있자니 그만 은행을 떠나고 싶다는 생각이 간절했다. 칸막이로 양쪽이 막힌 은행 창구에 서로 면회하듯 마주앉아서 나눈 대화는 어떻게 하면 대출액을 늘릴 수 있는지, 왜 내 신용등급이 그것밖에 안 되는지 등에 관한 것이었다. 그리고 결정적으로 지구상에서 사장님과 아내 말고는 아무도 모르는 내 연봉을 오늘 처음 보는 사람에게 순순히 불자니 꼭 발가벗겨진 기분이었다. 가끔 사람이 많아 기다릴 때면 밀려드는 번호표 속에서 일하는 그들의 삶은 어떨지 궁금하기도 했다. 어쨌든 어렵사리 대출을 받고 나와 다시 사무실로 향하던 그날 한여름 뙤약볕 아래서 나는 더 타들어가는 것 같았다.

그리고 석 달이 지났을 무렵, 은행에서 문자가 한 통 날아왔다. 난 으레 대출이자 납입을 독촉하는 정기 메시지인 줄 알았는데, 전혀 뜻밖의 내용이었다. 내 대출을 담당했던 은행 직원이 갑작스러운 구조조정으로 자신의 뜻과 무관하게 앞으로 계속 해당 업무를 맡지 못하게 돼 미안하다고 보내온 인사였다. 그즈음 뉴스에서는 그 은행의 대대적인 구조조정 소식이 연일 들려왔다. 문자에는 황망함과 안타까움, 그리고 절박함이라는, 숫자와는 거리가 먼 인간의 감정이 잔뜩 담겨 있었다. 나는 그

문자를 받고 그의 얼굴과 그와 만났던 카운터, 그리고 공간을 가만히 떠올렸다. 그에게 은행은 결국 자신의 노력과 열정, 그리고 진심이 담긴 삶의 공간이었던 것이다.

다리

사람들이 책을 고르는 방식은 저마다 조금씩 다르다. 특정 작가의 작품을 탐독하거나 대중적인 베스트셀러를 선호하는 이도 있을 테고, 언론 서평이나 주변 사람의 추천으로 책을 살 수도 있겠다. 나는 대부분 아무런 정보도 없이 서점을 방문해 두어 시간 낚시하듯 유유자적 내용과 문장을 살피며 현장에서 내 취향과 구미에 맞는 책을 고르는 편이다. 일부러 책에 관한 사전 정보를 차단하고 그때그때 우연하게 찾는 과정 자체를 즐긴다. 그런데 스페인 유학 시절 아주 예외적인 경험을 했다. 좋은 책을 고르려면 목차와 내용, 그리고 저자의 문체까지 꼼꼼히 살펴야 하는데, 그날 나는 마드리드의 한 작은 서점에서 오로지 표지 사진 한 장 때문에 책장을 넘겨볼 생각도 하지 않은 채 무엇에 홀린 듯 책을 사고 말았다.

『방들의 책*El libro de los cuartos*』 표지에는 묘한 다리 하나가 등장한다. 고딕 양식의 끝이 뾰족한 아치가 교각구조를 이루는 이 다리는 매우 긴 아치에 비해 폭이 너무 좁고, 아치를 이루는 벽돌이 모자이크처럼 모두 제각각이라 구조적으로 엉성하고 아슬아슬한 느낌을 준다. 게다가 얕은 경사로 솟아오른 다리 중앙에는 무슨 용도인지 모를 검은 집이 놓여 있어 신비한 분위기를 자아낸다. 나는 이 사진을 한참 바라보며 별의별 상상을 다 했다. 이게 사진일까, 그림일까? 다리 한가운데 놓인 저 집은 뭘까? 누가 숨어 있는 걸까? 꽤 오래되어 보이는 이 사진을 누가, 언제 찍었으며, 이 다리는 어디에 있을까? 이것은 토목구조물을 기록한 단순한 기록사진일까, 아니면 사진예술 관점에서 찍은 작품일까? 다리가 잇는 두 세상은 어떤 곳일까? 특히 다리 아래 천변에 서서 강을 바라보는 드레스 입은 저 소녀는 누구일까?

유럽에는 '악마의 다리'라고 불리는 아주 오래된 다리가 곳곳에 있다. 다리의 치명적인 아름다움과 기이함 때문에 악마가 지었다는 전설을 간직한 곳들이다. 스페인 소도시 마르토렐에 있는 이 악마의 다리는 요브레가트강을 건너는 작은 다리다. 1295년에 고딕 양식으로 지어졌다. 이 다리에는 전설이 전한다.

오래전 이곳 마을에 살던 한 노파는 물을 길으러 매일 아침 강 건너 우물에 가야 했다. 그녀는 듬성듬성 놓인 돌을 밟고 매번 물에 발을 적시며 힘들게 강을 건넜다. 그런데 어느 날 이를 본 악마가 그녀 앞에 나타나 한 가지 제안을 했다. 편하게 강을 건널 수 있도록 세상에서 가장 아름다운 다리를 하룻밤 사이에 만들어주겠노라고. 대신 악마는 이 다리를 처음으로 건너는 이의 영혼을 가져가겠다고 했다. 매일 힘겹게 강을 건너느라 지친 노파는 악마의 제안을 수락했고, 악마는 밤새워 다리를 완성했다. 그리고 다음날 아침 악마는 다리 아치 뒤에 숨어 그녀가 지나가길 기다렸다. 이윽고 노파가 도착해 막 다리를 건너려는 순간, 그녀의 치마폭에 숨어 있던 검은 고양이 한 마리가 갑자기 뛰쳐나와 다리 위를 내달리기 시작했다. 허망하게도 악마가 훔친 것은 고양이의 영혼이었고, 그후로 마을 사람들은 악마가 그들을 지켜보든 말든 이 다리를 마음껏 이용했다고 한다.

스페인의 사진작가 찰스 클리퍼드가 1856년에 찍은 다리 사진은, 이런 전설의 기운을 묘하게 담고 있다. 빛바랜 색감은 전설 속 몽환적인 분위기를 떠올리게 하고, 강변에 서 있는 여자는 그 노파인 것만 같다. 다리 중앙에 놓인 검은 집에는 한낱 고

Charles Clifford, Puente del Diablo, Martorell, 1856

양이의 영혼에 묶여버린 악마가 몸을 숨기고 있을 것만 같다. 악마는 여인의 영혼을 얻는 데는 실패했지만, 700여 년 후 내 마음을 훔치고 말았다.

다리는 참 기묘한 곳이다. 이쪽과 저쪽을 연결하는 다리는 만남과 헤어짐, 단절과 연결, 갈등과 화합, 입구와 출구, 시작과 끝, 성과 속을 동시에 이야기한다. 영화와 문학에서 다리만큼 많은 은유를 내포한 곳도 드물고, 현실에서 다리만큼 낭만적인 곳도 드물다. 궁궐의 존엄과 신성이 시작되는 금천교, 파리지앵의 낭만이 스며든 퐁네프 다리, 다리라기보다는 공방 건물에 가까운 이탈리아 베키오 다리, 한국전쟁의 상흔을 대변하는 한강대교, 하루 20만 대 넘는 차량이 지나가는 한남대교, 문재인 대통령과 김정은 위원장의 밀담을 이끌어낸 판문점 도보다리, 견우와 직녀의 만남을 주선하는 오작교까지…… 우리가 다리에 불어넣은 정서와 다리에서 펼쳐지는 이야기는 헤아릴 수 없이 많다. 다리는 이렇게 상징적인 공간이면서, 가장 효과적인 중간 세계다.

나의 스페인 생활에서 가장 기억에 남는 일상적이고도 아름다운 다리는 세비야의 이사벨2세 다리다. 어학원을 오가며 매일 두 번씩 건너야 했던 이 다리에서 내가 마주했던 아침의 고요, 저물녘 석양의 낭만은 내 뇌리에 정지 영상으로 깊게 각인

Puente de Triana ©Anual

돼 있다.

그런데 가만히 생각해보면 지금 내가 살고 있는 이 도시에서는 감성을 촉촉이 적시고 사랑을 싹트게 할 만큼 아름다운 다리가 떠오르지 않는다. 파리에는 퐁네프 다리가 있고, 베네치아에는 리알토 다리가 있고, 샌프란시스코에는 현수교가, 영국 런던에는 타워브리지가 있는데 서울 하면 떠오르는 다리가 없다. 한강의 다리들에 우리의 감정을 불어넣기엔 그 규모가 너무 크고, 다리는 주로 자동차 다니라고 지은 것이라 애틋한 마음이 생기지 않는다. 나만 그렇게 생각하는 걸까 하는 의문이 들어 몇몇 주변 사람에게 느닷없이 물어봤다. 당신의 기억 속에 깊이 남아 있는 아름다운 다리가 있습니까? 다들 한참 골몰하지만 결국 대답을 내놓지 못한다. 지금이라도 우리에겐 그 악마가 필요하다.

호텔

이번이 몇 번째 통화인지 모르겠다. 진작에 열 번은 넘은 것 같다. 그것도 폭주하는 통화량 때문에 30분 넘게 핸드폰을 들고 기다려야 간신히 고객 센터와 연결된다. 무한 반복되는 대기 음악이 꿈에 나올까 두려울 정도다. 제기랄! 이럴 줄 알았다면 호텔을 저렴한 곳으로 예약하든지 나중에 잡을걸……

사건의 출발은 이렇다. 지난해 나의 버킷리스트 가운데 하나였던 밀라노디자인위크를 참관하겠다고 일찌감치 호들갑을 떨며 2020년 4월 이탈리아 여행을 준비하기 시작했다. 여행을 준비하는 평소 습관답게 무엇보다 먼저 호텔을 알아보기 시작했다. 나는 여행에서 삼시 세끼 말라비틀어진 샌드위치와 삼각김

밥을 먹더라도 숙소만큼은 좋아야 한다는 소신과 고집이 있다. 그래서 6개월 전인 2019년 10월에 일찌감치 숙소 예약을 마쳤다. 가성비 갑의 에어비엔비와 좋은 편의시설을 갖춘 도심 호텔 사이에서 수십 번 방황하다 결국 마음이 더 끌리는 호텔을 선택했다. 5성급 호텔은 아니지만 디자인위크 기간이 밀라노의 극성수기인 만큼 6박에 300만 원 가까운 돈을 지출한 상황이었다. 숙소에 이 정도 비용을 투자한 것은 내 생애 처음. 그런데 마른하늘에 날벼락처럼 2020년 1월 코로나19 바이러스의 습격으로 지구 네트워크가 마비되더니 이탈리아에선 사망자가 급증하고, 유럽에 이동 및 여행 금지 명령이 내려지고, 항공편은 취소되고, 심지어 밀라노디자인위크까지 연기되는 거짓말 같은 일이 연이어 일어나고 말았다. 나는 매일 아침 뉴스를 통해 이탈리아 상황을 살피며 남모를 속앓이와 탄식을 계속했는데, 그 이유는 300만 원짜리 그 호텔이 취소 불가 상품이었기 때문이다. 여행을 꿈도 꿀 수 없는 상황에서 어떻게든 취소 수수료를 면제받기 위해 호텔에 구구절절 장문의 메일도 보내고, 예약 사이트 고객 센터에 호소도 하고 도움을 요청하려고 전화를 건 것이다.

나에게 여행에서 호텔은 절대적이다. 자고, 먹고, 쉬는 곳이니 집이라는 공간과 다를 바 없지만 여행지 호텔에서만 누릴 수

@kariyas

있는 이색적인 분위기와 서비스, 그리고 무엇보다 허드렛일을 돌보지 않아도 된다는 안락함이 집과 전혀 다른 느낌을 준다. 가족 여행이든 나 홀로 여행이든 형편껏 최대한 좋은 숙소를 고집한다. 생각해보면 이런 습관은 스페인 유학 시절 파라도르라는 국영 호텔을 이용하면서 생긴 것 같다. 스페인은 1928년부터 오래된 고성이나 수도원, 넓은 고택 등 역사적 가치가 있는 전국의 건축 자산을 호텔로 고쳐 국영 체인으로 운영하고 있다. 파라도르만 찾아다녀도 스페인 건축과 문화, 음식, 자연을 모두 즐길 수 있다. 여윳돈을 탈탈 털어 가끔 파라도르 같은 고급 호텔에 묵으며 여행 기분을 배가시키곤 했다. 그때 아니면 또 언제 그 같은 공간과 전망, 잘 가꾼 정원, 서비스의 호사를 누려보겠는가.

호텔에 관한 이런 내 입장을 아내는 도무지 이해하지 못하는 눈치다. 여행할 때 아내에게는 보고 먹는 것이 더 중요하다. 아내는 잠깐 잠만 자고 나오는데 왜 그렇게 많은 돈을 쓰냐고 태클을 거는 실용주의자이고, 나는 그 잠깐 누리는 공간적·정서적 사치가 여행이라는 일탈의 분위기를 배가시킨다고 믿는 낭만주의자다. 사실 우리는 이런 관점의 차이 때문에 신혼여행 첫날 크게 싸우고 말았다. 호텔 예약을 전담한 아내를 믿고 스페인 바르셀로나로 신혼여행을 갔는데, 호텔에 도착하고서 나는 입이 다물어지지 않았다. 잘 차려입은 벨보이와 넓고 근사한 로비, 신혼의 달콤함을 함께 그려볼 수 있는 전망 좋은 창과 테라스, 밝고 깨끗한 순백의 침대, 그 위에 살포시 놓인 웰컴 키트와 와인 등 내가 기대하고 꿈꾸던 모습은 온데간데없고 거의 쪽방 수준의 호스텔이 우리를 맞이했다. 게다가 우리 방은 제대로 된 창문 하나 없어 어두컴컴했고, 머리 위로 난 작은 창문 하나로 들어오는 작은 빛줄기가 전부였다. (이때 생긴 트라우마 때문에 내가 더 호텔에 집착하는지도 모른다.) 대학생이 배낭여행 할 때나 자볼 법한 그런 호스텔을 신혼여행 숙소로 잡은 것이다. 나는 그날 기분이 완전히 상해 결국 저녁 식사를 하며 아내와 싸우고 말았다. 내가 삐진 것은 속 좁은 행동이었지만, 신혼여행 첫날 숙소로 그런 곳을 예약한 아내도 너무 심했다. 나중에 알고 보니, 아내는 신혼여행을 차후 스페인 유학을 위한 사전 답사이자 배낭여행쯤으로 생각했단다.

호텔은 잠시 머무는 집이다. 그 '잠시'라는 시간성에 주목해 호텔은 사람들에게 기쁨과 이색적 흥취를 주려 한다. 그래서 호텔은 고성이든 고층 빌딩이든 한껏 기분을 고조시키는 표현과 장식적 언어로 공간을 채우고, 사람들이 집에서 경험하기 힘든 극진한 서비스를 제공하는 것이다. 여행은 일상의 내가 아닌 다른 사람이 되어 잠시 다른 것을 먹고, 다른 곳을 보고 걸으며, 다른 생각과 마주하는 시간이다. 그래서 호텔은 '다른' 차원의 공간이어야 한다. 호텔이라는 말의 기원인 라틴어 호스피탈레hospitale는 '순례 또는 참배자를 위한 숙소'를 뜻한다. 그러니 호텔에서는 일상과 다른 공간적 경험이 필요하다. 그렇다고 내가 호캉스족인 건 절대 아니다. 호텔 그 자체를 여행의 목적으로 삼지는 않는다. 호텔은 여행의 기쁨과 즐거움을 배가시키는 공간이다. 하지만 일탈이 의미하는 것처럼 호텔도 내게 '잠시' 머무는 곳이기에 유의미하다.

생각해보면 유독 호텔에만 4성급이니 5성급이니 공간에 등급을 부여한다. 호텔에는 이런 공간적 평가가 일반화되어 있다. 뭐, 의지만 있다면 미술관에도 소장품이나 공간에 따라 별을 매길 수 있는 것 아닌가? 미슐랭도 음식점에 평점 등급을 주긴 하지만 가장 중요한 기준은 거기서 파는 음식이다. 유독 호텔에만 공간을 평가하는 게 보편화된 이유는, 다른 어떤 산업보다 호텔이란 공간 그 자체를 팔기 때문일 것이다. 레스토랑은 맛이 중요하고, 서점은 책이 중요하고, 온천은 수질이 중요한 것처럼 호텔은 공간이 전부다. 그러니 다른 어떤 곳보다 공간을 탐미하는 내게 딱 들어맞는, 딱 필요한 곳인 듯싶다.

좌절된 밀라노행보다 그곳의 호텔이 더 그립다. 내 취소 수수료……

포장마차

포장마차는 이동식 손수레 위에 조리대를 설치한 간이주점이다. 큰 천막 안에 테이블을 두는 길 위의 술집이다. 이동과 설치가 쉬워 밤이 되면 홀연히 나타나 도시의 후미진 밤 풍경을 채우곤 한다. 보통 주점으로 많이 사용되나, 사실 파는 건 술이든 안주든 분식이든 국수든 특정 종목에 국한되지 않는다. 저렴한 분위기에, 등받이도 없어 엉덩이에 쥐가 나는 불편한 좌석을 견뎌야 함은 물론 옆구리를 꾹꾹 질러대는 추위와 더위를 감내해야 한다. 게다가 언제부턴가 가격도 결코 싸지 않다. 그런데 왜 포장마차를 찾을까? 내가 그 이유를 처음 깨달은 건 대학을 졸업하고 입사 3년차쯤 되었을 때다.

월간지 마감을 앞두고 사무실에 혼자 남아 야근을 하는데, 어찌 아셨는지 부장님이 전화를 했다. 기사 그만 쓰고 나오라는 전갈. 부장님은 회사 옆 창덕궁 담장에 붙어 있는 포장마차에서 2차를 즐기고 계셨다. 정확히 기억나진 않지만 그렇게 합류한 나를 포함해 네 명이서 소주를 마셨다.

사무실은 창덕궁에서 겨우 백여 미터 떨어진 곳에 있었다. 창덕궁 주변에는 번화가나 상점이 많지 않았기에 원서동으로 오르는 창덕궁 돌담길은 저녁이면 늘 한산해졌다. 해가 지고 노상에 주차돼 있던 차들이 사라지면 창덕궁 돌담이 자태를 드러내고, 그 긴 풍경의 시작점에 포장마차 하나가 작은 등불처럼 켜진다. '외로운 낭만'을 한 장 사진으로 백과사전에 수록해야 한다면 딱 이런 모습 아닐까 하는 생각이 들었다. 무엇보다 도심 여기저기에 떼를 지어 생기는 포장마차 거리가 아닌, 텅 빈 거리를 조용히 혼자 지키는 이곳 포장마차가 포장마차의 본질을 보여주는 듯했다. 하루 종일 사람에 일에 치이다 퇴근길에 포장마차를 찾는 이들은 이곳의 쓸쓸함에 위로받는 것 아닐까? 그걸 아는지 포장마차 사장님은 주문을 받고 안주를 준비할 뿐, 일절 말이 없었다. 바람 샐 틈도 없이 굳게 닫힌 침묵이 그곳을 더 짙고 깊게 만들었다. 소주 맛도 모르고, 그냥 눈 감고 꿀꺽 삼켜버리기에 급급했던 나는 그 포장마차에서 왠지 소주의 단

@gloomy_pierrot

맛을 깨우치고, 인생의 애환을 알아버린 듯 이상한 분위기에 취했다.

창덕궁 돌담길 포장마차가 쓸쓸한 밤 풍경이었다면 강남역 포장마차는 활기찬 대낮 풍경이었다. 모처럼 주말 오후에 강남역에서 대학 동기들을 만나기로 했다. 좀 일찍 도착해 거리를 서성이다가 간단히 떡볶이나 먹어야겠다는 생각으로 강남역 대로변과 뒷골목에 몰려 있는 포장마차들을 살피기 시작했다. 어디서 먹어야 할까? 어느 곳이 가장 먹음직스럽고 편안할지 살피다 한 곳을 정해 들어갔다. 천막을 열어젖히자 진하고 구수한 오뎅 국물 냄새와 튀김 냄새가 한데 섞여 콧속 깊이 들어왔다.

나는 떡볶이 1인분에 튀김 네 개를 골라 기름에 다시 데운 뒤 떡볶이 국물에 묻혀 같이 달라고, 늘 먹던 대로 깐깐하게 주문했다. 그러고는 잠시 후 떡볶이를 한입 먹었는데, '장고 끝에 악수 둔다'는 말이 딱 맞아떨어졌다. 오래 고심해서 고른 포장마차였지만 맛이 형편없었다. 내가 그렇게 인상을 쓰며 억지로 튀김을 먹고 있을 때, 옆으로 땀에 전 퀵서비스 기사가 말없이 들어왔다. 그러더니 주인에게 말 한마디 없이 앞에 놓인 튀김을 손으로 하나 집더니 옆에 있는 간장에 찍어 말없이 먹기 시작했다. 1인분에 몇 개인지, 얼마나 먹을 건지 묻지도 말하지도 않고, 다시 튀겨달라거나 떡볶이 국물에 묻혀달라는 자질구레한

@okchelinguide

요구 하나 없이 그냥 먹기 시작했다. 그가 먹는 튀김이 따듯하게 데운 내 것과 다른 것인지, 차갑고 딱딱한 튀김을 그는 맛있게도 먹었다. 그렇게 튀김 네 개를 먹고 계산하더니 나가버렸다. 노상의 포장마차가 미슐랭 레스토랑이라도 되는 양 먹는 내내 불평하고, 인상 쓰던 내가 거리의 삶에 서툰 애송이처럼 느껴졌다.

낮이든 밤이든, 떡볶이든 소주든 나는 포장마차의 애환을 절절히 공감하기엔 여전히 어설프기만 하다.

피트니스 클럽

130BPM이 넘는 빠른 박자의 댄스 뮤직, 눈부신 조명과 공간을 무한 확장시키는 사방의 거울, 그리고 여기저기서 들려오는 기합 소리와 거친 호흡. 땀과 움직임으로 가득찬 이곳은 피트니스 클럽이다. 걷고, 뛰고, 눕고, 구르고, 들고, 내리고, 당기고, 풀고…… 인간의 갖가지 신체 움직임을 실험하고 단련하는 이곳은 언제나 활동적인 기운이 가득하다. 하지만 나는 오늘도 적막한 사막에 홀로 버려져 어디로 갈지 모르는 조난자가 된 듯 주변을 배회하거나 멍하니 밖을 쳐다본다. 매주 서너 번씩 오지만 왜 이곳에서 나는 참기 힘든 지루함을 느끼며 겉도는 걸까? PT를 따로 받아보기도 했지만, 트레이너가 너무 저돌적이라서

내 몸과 마음의 반감이 심해 그만두었다. 근육을 단련하는 이 반복적인 행위들이 나에게는 도무지 기쁨을 주지 못한다. 피트니스 클럽은 나에게 사막보다 더한, 세상에서 제일 무료하고 지루한 공간이다.

그러니 올해는 몇 달이나 갈까? 운동만큼은 작심삼일 의지박약인 걸 매년 확인하면서도 새해 1월 2일에 또 피트니스 클럽에 등록했다. 이제 두 달 남짓 다니고 있는데, 드디어 고비가 찾아온 것 같다. 매년 1월 굳은 다짐으로 뭔가 운동을 시작하지만 그리 오래가질 않는다. 피트니스, 수영, 테니스, 복싱 등 조금씩 깨작거리다 늘 굉장히 납득할 만한 합리적인 이유로 그만두곤 했다. 피트니스 클럽은 그중에서도 특히 더 그렇다. 나는 선천적으로 근육이 붙지 않는 체질이고, 반대로 살도 눈에 띄게 찌지 않는다. 그리고 무엇보다 한자리에서 쇳덩어리를 밀고 당기고 들어올려야 하는 운동기구들은 나에게 오로지 참을성과 인내만을 강요한다. 아무리 달려도 앞으로 나아갈 수 없고, 언제나 그 자리인 공간. 나는 몇 달 하지도 않고 이 공간을 탈출해버린다. 그걸 뻔히 알면서도 매년 1월 2일이면 이곳에 오는 이유는 뭘까?

피트니스 클럽은 건강과 몸매 관리를 목적으로 찾는 곳이다. 넓게 열린 공간이지만 이 속에서 사람들은 교류를 거부하고, 자기만의 기계적 영역에서 땀을 흘린다. 나는 이곳에서 사람들을 등지고 창밖을 향해 늘어선 러닝머신 위에 오른다. 하지만 10~20분 걷고 뛰다보면 어느새 무력감이 찾아온다. 일부러 시계를 보지 않다가 30분쯤 달렸겠지 하고 확인해보면 겨우 10여분 지나 있을 뿐이다. 8층 높이에서 탁 트인 도심 창밖 풍경을 감상하기도 하고, 앞에 달린 화면의 채널을 돌려보기도 하고, 음악에 발걸음을 맞춰보기도 하지만 지루함은 잡념 속에서 눈덩이가 되어 불어나기만 한다. 그나마 러닝머신은 좀 나은 편이고, 근력 단련 기구들 앞에 서면 '이 물건들은 도대체 나한테 뭘까?' 하는 의심이 들어 애착이나 교감이 형성되지 않는다. 러닝머신 20~30분에 근력운동 한두 가지를 깨지락깨지락하고 나서 미련 없이 샤워장으로 들어간다. 가끔은 운동 시간보다 샤워 시간이 더 길 때도 있다.

그래서 한번은 (자기합리화와 반성의 중간쯤 되는 이유로) 이 공간에서 느끼는 내 정서와 태도의 원인을 논리적으로 규명해보려 했다. 이렇게 해서 알아낸 흥미로운 사실은, 피트니스 클럽의 핵심 풍경을 이루는 러닝머신이 사실 죄수들의 고문용 기계였다는 것이다. 1818년 영국에서 발명된 이 기계는 형무소에 수감중인 죄수들에게 벌을 주고 고문을 가하는 기계였는데, '어려움 없이 단조로운 운동을 계속 시켜서 공포를 주는 기구'

로 악명을 떨쳤다고 한다. 그러니까 커다란 유리 너머 보이는 피트니스 클럽 풍경은, 결국 자발적 형벌 속에 갇힌 사람들을 보여주는 것이다. 창밖을 굽어보기도 하고 TV에 의존하기도 했지만 러닝머신에만 오르면 달라붙던 그 단조로움이 결국 이 기계의 존재 이유였다. 전망 좋은 고층 창가, 개인 모니터, 신나는 음악, 입체감을 불어넣는 사방의 거울…… 결국 이곳의 모든 인테리어는 공간과 기계의 태생적 무력감과 단조로움을 어떻게 상쇄시킬 것인가에 목적을 둔 것 같다. 러닝머신이 아닌 다른 기구들의 효시도 흥미와는 거리가 멀다. 스웨덴 스톡홀름의 의사가 1865년 물리치료를 목적으로 갖가지 기구를 만들어 체육관을 열었는데, 이것이 피트니스 클럽의 출발이라고 한다. 그러고 나서 찾아본 최초의 피트니스 클럽 사진은 굉장히 엄격·근엄·진지한 모습이었다. 그러니까 요즘의 피트니스 클럽은 결국 형벌과 의료라는 목적에서 탄생한 공간의 변이라는 것이다.

그러고 보면 내가 피트니스 클럽에서 느꼈던 정서가 전혀 근거 없는 나만의 느낌은 아닌 듯하다. 나를 둘러싼 지루함의 정체를 이제야 발견했다. 시시포스의 형벌처럼 끝도 없는 길을 걸으며 같은 행위를 무한히 반복해야 한다는 데서 오는 두려움. 난 이런 육체적·공간적 단조로움에는 왜 이렇게 끈기가 없는 걸까. 러닝머신 위를 뛰고, 바벨을 들어올리는 내 자화상을 사방 벽에 붙은 거울로 보고 있으면 꼭 내가 아닌 다른 사람 같다. 언제쯤 이걸 그만둘까 하는 생각뿐이다. 그러니 이곳은 내게 들락날락할 수 있는 감옥과도 같다. 5개월 등록했으니, 이 감옥에서 석방(?)되려면 아직 멀었다.

에필로그.

그렇게 지루함과 무료함 속에서 깨지락깨지락 운동하던 어느 날 코로나19가 찾아왔고, 내가 다니던 피트니스 클럽은 강제 휴관에 들어갔다. 나는 가석방된 기분으로 이 공간을 탈출했고, 이후 다시 돌아가지 않았다. 하지만 언젠가 1월 2일이면 또다시 제 발로 잡혀 들어갈 것이다.

소파

늦은 퇴근 후 하루의 피로를 풀기 위해 샤워를 하고 나왔다. 이쯤 되면 피로회복제 하나가 간절해진다. 아침형 인간으로 살아가는 나도 게으름 피우고 축 늘어지고 싶은 시간. 자연스럽게 몸은 자석에 끌리는 무거운 쇠붙이처럼 거실을 향해 간다. 소파 팔걸이에 머리를 대고 누워 리모컨으로 채널이나 돌려가며 선잠 속에서 긴 밤을 보내고 싶다. 그런데, 헉! 이게 뭐람! 장모님이 내 분신이라도 되듯 딱 그 자세로 소파에 누워 이미 눈을 감고 TV를 시청중이시다. 휴, 오늘은 내가 지고 말았다.

장모님과 함께 살면서 불편한 것이 뭐냐고 물으면 나는 지체 없이 소파와 채널 선택의 권리라고 말할 것이다. 장모님과 나의 가장 치열한 영토 싸움은 거실 한가운데서 일어난다. 바로 소파를 둘러싼 눈치 싸움이다. 소파를 차지하는 자가 텔레비전 채널도 접수하리라. 그냥 앉아서는 안 되고 반드시 몸소 누워 자신의 영역임을 동물적으로 내보여야 한다. 한 명쯤 눕는다고 소파에 자리가 부족하진 않다. 5인용 소파라 절반 정도가 남으니 다른 가족이 앉기에 문제가 없고, 장모님을 제외한 다른 이들은 내가 누워 있어도 옆에 와서 깔아뭉갠다.

그러고 보니 한 건축가에게 이런 말을 들은 적이 있다. 세상에는 다양한 형태의 소파가 있지만 한국인은 유독 푹신한 쿠션의 팔걸이가 있는, 베고 누울 수 있는 소파를 지나치게 선호한다고. 디자인과 소재를 떠나 베개를 겸할 수 있는 팔걸이가 있어야 한국에서는 소파로 대접받는다는 것이다. 역시 나는 대한민국 표준이었어.

소파는 단순한 가구가 아니다. 권위를 누리며, 눈과 손으로는 텔레비전을 좌지우지하는 가정의 왕좌다. 이때 소파는 가구라기보다 하나의 영역이 된다. 집안의 중심이 거실이라는 말보다 소파라는 말이 더 정확하다. 특히 우리 소파는 오래되어 쿠션이 푹 꺼지다보니 앉기보다 눕기에 딱 좋은 상황이다. 심지어 내 동생이 놀러와서 한번 누워보고는 몸을 쫙 빨아들이는 이 낡은 녀석의 기능에 감탄한 바 있다.

그러나 녀석의 자리가 예전만큼 빛나진 않는다. 오늘날에는 가정의 무게중심이 거실에서 부엌으로 점점 넘어가는 추세다. 거실은 점점 작아지고 부엌이 더 커지고 중요해진다. 아일랜드식 주방에 식탁과 바, 또 일반 냉장고에 김치 냉장고, 와인 냉장고, 주방 하나로도 모자라 보조 주방까지, 부엌의 파상 공세가 이만저만이 아니다. 어쨌든 난 끝까지 저항하리라! 그런데 요즘에는 장모님이 아니더라도 소파를 차지하는 게 여간 어려운 일이 아니다. 벌써 이 권능의 왕좌를 알았는지 여섯 살밖에 안 된 둘째 녀석이 소파를 자기 침대이자 놀이터로 삼고 있다. 앉고, 눕고, 매달리고, 달리고, 뛰고, 올라서고, 먹고, 자고, 숨고, 읽고…… 이 모든 행위가 소파에서 이루어진다. 운동장 정글짐이나 실내 놀이터 수준이다.

그런데 이쯤에서 고백하자면, 지금 나는 이 글을 부엌 식탁에 앉아 쓰고 있다. 물론 소파는 아내와 딸, 장모님에게 내어주고 말이다. 이게 바로 소파에 관한 내 이상과 현실 사이의 괴리다. 아아……

○○방

그래도 방은 방이다. 한창때만큼은 아니지만 여전히 우리는 방에서 먹고 논다. 얼마 전까지만 해도 평일 저녁에는 친구와 PC방을, 회식 후엔 수순인 듯 노래방을, 휴일엔 가족과 찜질방을, 우리는 이렇듯 도심 곳곳에 있는 방을 전전하며 놀았다. 방은 한국인에게 공간을 인식하는 최소 단위이자 하나의 사회문화로 자리잡았다. 실제로 방의 공간적 형태를 갖춘 곳도 많지만 정서와 문화 차원에서 '방' 자를 끝에 붙인 곳도 많다. 2004년 베니스 비엔날레 한국관의 주제는 그래서 '방의 도시'였다. 방으로 대변되는 우리 주거문화와 대중적 공간문화의 특질을 탐구한 전시였다. 노래방, 비디오방, PC방, 찜질방, 만화방, 수면방,

다방, 복덕방 등 아주 사적인 집에서 출발한 방이 상업주의와 결합해 한국만의 독특한 도시 풍경을 만들었다. 그러니 방을 논하지 않고는 우리 도시와, 공간 소비 패턴을 알 수가 없다.

우리는 왜 이렇게 방에 집착하고, 방구석에 틀어박히는 걸 좋아할까? 학문적으로 이런 현상의 배경과 구조를 따져볼 수도 있겠지만, 그냥 즉흥적으로 말해본다면 신체적, 감각적으로 방과 일체화된 한국인의 생활문화가 한몫했을 것이다. 신발을 신고 생활하는 입식 문화 중심의 서양식 룸과, 신발을 벗고 바닥을 구르는 좌식생활 중심의 방은 어쩔 수 없이 번역상 동치가 된 것이지 사실 전혀 다른 공간이다. 특히 온돌문화를 기반으로 한 방은 사람과 신체적으로 맞닿는 범위와 공간의 감각적 온도부터 달라, 우리 생활문화 공간의 정서적 원형을 이루고 있으리라. 그리고 이런 배경 외에 공원과 광장 같은 공공장소의 부재와 척박함이 도시에 사는 우리를 다시 방 속에 스며들게 만든 것 아닐까?

우리는 사회적 존재로서도 방에서 성장해간다. 나만 하더라도 고등학생 때 학교 외에 가장 즐겨 찾던 곳이 만화방이다. 지금은 만화 카페로 대부분 개명하거나 체질개선을 했지만 대체할 수 없는 그곳만의 냄새와 분위기가 있다. 그리고 대학에 갔을 때는 스타크래프트 게임 때문에 PC방이 대학가와 번화가를 점령하며 당시 젊은 세대의 놀이문화를 바꾸었다. 나는 게임에 호의적인 사람이 아니지만 그땐 PC방에 가지 않으면 친구들과 놀 기회가 없었다. 대학 졸업 후 취직한 내게 새롭게 들이닥친 방은 노래방이었다. 회식이든 저녁 식사든 술만 한잔 들어가면 성지순례 격으로 노래방을 가야 했고, 음치에 몸치인 내 적성과 무관하게 막내로서 탬버린을 열심히 흔들며 점수를 따야 했다. 그리고 이때쯤 방의 끝판왕 격인 찜질방이 등장하는데, 찜질방은 다른 방들을 모두 품에 안은 종합 선물 세트이자 방 생태계에서 최상위 포식자다. 찜질방은 온돌의 온기를 무기 삼아 우리 민족을 사로잡더니 만화방과 PC방, 노래방 등을 집어삼키며 춘추전국시대였던 방 문화를 평정했다.

지금 내 일상에서 가장 가까운 방 역시 찜질방이다. 노래방, 비디오방, PC방 등은 새로운 기기와 인터넷의 출현으로 인해 폭발적으로 증가했지만, 찜질방은 우리 전통 온돌문화에 좀더 동물적인 뿌리를 두고 있다. 이외에도 찜질방은 색다른 측면이 있다. 보통 다른 ○○방들이 폐쇄적이고 개인화된 영역을 내밀하게 제공하는 데 반해 찜질방은 마치 하나의 거대한 광장처럼 개방적인 구조를 취한다. 동굴 속에 숨어 있는 광장이라는 양가적 공간 형태가 혼재하고, 마치 학교 교복처럼 모두 똑같은 유니폼을 입고 뒹구는 모습이 여기선 세계 어딜 가도 볼 수 없는 우리만의 공간문화가 펼쳐진다.

하지만 내가 찜질방을 좋아하는 이유는 따로 있다. 뜨끈하게 등을 지지고 온돌과 사우나의 열기를 느끼는 찜질방 본연의 기능보다 내게 더 중요한 것은, 찜질방은 내가 아무것도 하지 않아도 되는 시간과 상황을 허락한다는 점이다. 평일 대낮부터 누워 잠을 자거나 아무 일 없이 빈둥거려도 찜질방에서는 전혀 어색하지 않다. 다 똑같은 반소매 티셔츠와 반바지를 입고 있으니 누가 백수이고 누가 재력가인지 구분할 수도 없다. 그냥 쉬는 건 집에서도 가능하지 않냐고 반문하는 사람도 있겠지만, 혼자 살지 않고 가족이나 아이가 있는 사람이라면 집에서 온전한 휴식을 취하기 어렵다. 할일과 챙겨야 할 사람이 가장 많은 곳이 집이다. 집에서는 조금이라도 빈둥거리는 기색을 보이면 아내 눈에서 레이저가 나오거나 아이들이 귀신같이 알고 달려든다. 할일이 없어도 뭐든 하는 척이라도 해야 마음이 편하다. 아이들과 함께 가더라도 찜질방에서는 내가 그들을 돌봐야 할 이유가 별로 없다.

앞으로 또 어떤 새로운 방이 출현할지 모른다. 반대로 지금의 여러 방 중에서 퇴화하거나 멸종하는 것도 있을 것이다. 분명한 것은 우리 방 문화는 이종교배를 거듭하며 공공과 민간의 상업적 균열 속에서 계속 새롭게 피어날 것이라는 점이다. 그 방이 무엇이든 나는 기꺼이 즐겁게 맞이할 준비가 되어 있다.

엘리베이터

을지로3가역 1번 출구를 벗어나자 키다리 건물, 난쟁이 건물이 눈에 들어온다. 대로변에는 핀 스트라이프 정장 차림의 '○○애비뉴' '시그니처○○' '○○시티호텔' 등이 에지와 높이를 자랑하지만, 안쪽으로는 꿰매고 덧댄 생활복 차림의 작은 건물이 즐비하다. 설계사무소를 냈다는 대학원 동기 녀석이 저 꼭대기에 있을 리 만무하다. 나는 동물적으로 후줄근한 건물들이 따닥따닥 어깨를 맞대고 있는 골목길로 들어섰다.

아니나 다를까. 찾아간 건물도 설계사무소보다는 흥신소나 전당포가 있을 법한 분위기에, 개업식보다는 폐업식이 어울리는 곳이었다. 그런데 늙은 사자의 아가리 같은 건물 입구에 들어선 순간 고민에 빠졌다. 기형적으로 이식된 병색 완연한 엘리베이터. 5층까지 올라야 하는 난코스 계단과 엘리베이터를 사이에 두고 선뜻 버튼을 누르지 못한 채 주저한다. 이럴 때면 늘 머릿속이 『저물녘 맹수들의 싸움』으로 가득찬다.

앙리 프레데리크 블랑의 이 장편소설에서 나는 생애 가장 깊은 감정이입을 경험했다. 그런데 여기서의 내 감정은 보통 문학이 자아내는 모종의 깨달음이나 사랑, 연민 같은 것이 아니었다. 그것은 순전히 미칠 것 같은 답답함이었다. 책을 읽는 내내 속이 터지다 못해 말린 쓸개처럼 쪼그라들었다. 주인공인 샤를은 집을 구하기 위해 파리의 한 아파트에 들렀다가 고장난 엘리베이터에 갇힌다. 그리고 이 소설은 황당하게도 엘리베이터라는 제한된 공간에서 기승전결을 모두 전개한다. 그것도 무려 20일 동안의 이야기를.

사람이 갇혀 있는데 별 도움이 안 되는 냉소적인 이웃들, 엘리베이터 밖에서 샤를에게 변기를 선물한 정신 나간 여주인, 그리고 엘리베이터를 빠져나가기 위해 그녀를 유혹하기로 한 샤를의 절박한 심리. 그가 갇힌 것인지 아니면 여주인이 그를 가둔 것인지 알 수 없는 상황에서 샤를은 사랑과 결혼을 꿈꾸다가도 솟구쳐오르는 증오에 살해 계획을 세운다. 엘리베이터는 벗어날 수 없는 좁은 공간이기에 그의 공상과 망상은 더욱 간절하게 꾸역꾸역 차오른다.

소설에서는 엘리베이터라는 공간을 통해 현대사회의 냉소와 단절을 극명히 드러냈지만, 그보다 내 감정을 건드린 것은 그 안에서 아무것도 할 수 없음을 실감케 하는 무기력함과 폐쇄공포다. 〈다이하드〉와 〈스피드〉 같은 불사조식 액션 영화에서 엘리베이터는 주인공의 손과 발에 착착 감기는 놀이터였다. 하지만 1년 전 백화점 엘리베이터가 고장나 공중에 매달려 있었을 때 나는 그저 딱딱하게 굳은 마네킹이었다.

고소공포증이 있는 내게 세상의 모든 엘리베이터는 필요악이다. 을지로 대로변에 도열한 고층 빌딩 속에서는, 내장운동처럼 엘리베이터가 끊임없이 움직이며 흰색 셔츠 부대를 받아 삼키고 배설한다. 내가 가진 아주 사소한 소망 중 하나는 바로 엘리베이터의 도움(아니, 위협) 없이 사는 것이다. 그리고 지금까지 나름대로 충실하게 그 상황을 유지해왔다. 어렸을 땐 나도 꽤 높은 곳에서 좋은 전망을 누리며 살았는데 엘리베이터가 필요 없는 달동네였고, 이후에는 3층과 4층을 오가며 다세대주택에, 결혼 후에는 바닥에 딱 붙은 한옥에 살았다. 물론 그다음엔 아파트에 살았지만 그때도 2층에 살았기에 엘리베이터를 농락하며 계단을 오르내렸다.

엘리베이터라는 가로세로 1.2미터의 공간은 고층화된 도시

문명과 익명화된 현대사회의 상징이다. 바벨탑을 향한 인간의 끝없는 욕망을 지탱하는 공간. 왜 엘리베이터 안에서는 누군가와 함께 있다는 게 이토록 낯설고 어색할까? 그건 엘리베이터가 그 스스로 존재 의미를 갖는 공간이 아니라 오로지 높이와 층수에 복무하는 공간이기 때문이다. 그래서 공간이라고 말하기 힘든 이 작은 곳에서 우리는 존재의 의미를 상실한다.

최근 국내 최대 크기인 초호화 100인승 엘리베이터를 타봤는데 아무리 커도 마찬가지더라. 좁고 넓은 면적의 문제가 아니다. 밖이 내다보이는 누드 엘리베이터는 조금 낫다. 외면하는 서로의 어정쩡한 시선을 저 멀리 둘 수 있고, 적당한 감탄으로 어색함을 뭉갤 수 있다. 폐쇄감을 줄이기 위해 사방에 유리를 붙여놓은 경우 공간은 무한히 복제되고 확장된다. 그 속에서는 나라는 존재도 수십, 수백 명으로 불어나 있다. 폐쇄공포증 대신 신경쇠약에 걸릴 것 같다. 엘리베이터라는 움직이는 공간에서 시간은 얼어붙은 듯 늘 정지되어 있다.

나는 2~3초 망설이다 좀체 찾는 이 없어 외롭게 내 손길을 기다리던 엘리베이터의 버튼을 결국 누르지 않는다. 늙은 맹수의 구린 아가리 같은 엘리베이터를 피해 어두운 계단을 오르기 시작한다. 가늘고 긴 창으로 엿보이는 엘리베이터의 빈자리가 환하게 나를 원망하고 있다.

고가도로

부랴부랴 연희동 사무실을 나와 광화문 도심 쪽으로 차를 몰고 나섰다. 약속 시간에 쫓겨 황급히 교정지를 챙기고, 이번이 첫 외근인 신입 기자까지 덩달아 챙겨 나오느라 정작 내 정신머리는 자리에 두고 나온 기분이었다. 약속 장소인 성북동까지 어느 길로 갈지 고민하면서도 손은 핸들에, 발은 페달에, 눈은 약속한 시계에, 입과 귀는 바짝 언 신입 기자에게, 마음은 이미 약속 장소에 제각기 가 있는 상황이었다. 그러다가 연세대 정문을 지나 금화 터널을 향해 오를 때쯤 정신이 번쩍 들었다. '아차! 내가 지금 거길 향해 가고 있구나.' 외근과 퇴근으로 한 달에 십여 차례 오가는 길이지만 이곳을 지날 때면 늘 지금처럼 서서히 긴

장되기 시작한다. 금화 터널 속 어둠을 빠져나오니 차가운 미소로 나를 기다리고 있는 독립문 고가도로.

안산과 인왕산 자락이 만나 이루는 깊은 골짜기를 독립문 고가도로가 춤추듯 S자로 이어주는데, 이제 서울엔 이만큼 높고 짜릿한 고가도로가 없다. 나는 이곳을 지날 때면 유난히 긴장해 첫 운전면허 시험 때처럼 두 손으로 핸들을 꽉 부여잡고, 허리를 곧추세우게 된다. 어지간히 높기도 하고, 그 난간이 어찌나 낮고 못미더워 보이는지 운전자의 마음을 졸게 만든다. 그렇게 잠깐 사이 허공을 날듯 고가도로를 달려 빠져나오니 다시금 안도감이 밀려왔다. 아무 일 없었다는 듯 옆자리에 앉은 제주도 출신 신입 기자에게 뜬금없이 물었다.

"제주도에도 고가도로가 있나?"

"고가도로요? 음…… 그러고 보니 없는 것 같아요."

"제주도에 없는 게 스키장 말고 또 있네."

뭔 헛소리를 하는 건지.

내가 독립문 고가도로에서 유난히 긴장하는 건 막연히 높아서가 아니다. 아무래도 이 고가도로가 내 빌어먹을 고소공포증의 원흉인 것 같다. 나는 독립문 고가도로 바로 옆에 붙어 있는 대신중학교를 다녔다. 그래서 아침과 점심나절 매일 꼬박 두 번씩은 이 고가도로 밑을 지나다녔다. 그리고 그날 하굣길에 보지 말아야 할 장면을 목격하고 말았다. 고가도로 위에서 20미터 아래 통일로로 트럭 한 대가 난간을 뚫고 추락한 것이다. 바닥에는 2.5톤 트럭이 꼬꾸라져 휴지 조각처럼 구겨져 있고, 트럭에 실려 있던 병맥주가 모두 깨지면서 적갈색 맥주가 선혈처럼 낭자하게 아스팔트를 적시고 있었다. 고개를 올려보니 무능하게 뻥 뚫려 있는 난간이 공범처럼 눈에 들어왔다. 고가도로가 이토록 무서운 장소일 줄이야.

그 시절에는 독립문 고가도로 하부로 길고 높은 육교가 하나 있었는데, 그곳을 건널 때마다 느껴지는 바닥의 진동과 고가도로 하부의 굉음이 어린 나에겐 일종의 공포였다. 고백하건대 그 시절 내가 가장 많이 꾼 악몽이 바로 이 육교를 볼썽사납게 엉금엉금 기어 지나가는 꿈이었다. 파도처럼 요동치는 육교 위에서 나는 앞으로 나아가지도, 다시 내려오지도 못한 채 납작 엎드려 있다가 꿈에서 깨곤 했다. 그래서 나이 마흔을 넘긴 지금도 이 고가도로를 지날 때마다 사고 영상이 계속 잔영처럼 어른거린다. 당연히 이곳을 지날 때 내 차 속도는 한껏 느려지고, 뒤차가 경적을 울리며 악을 쓰더라도 초보의 마음으로 조심조심 건너간다. '너희가 이곳의 무서움을 알아!'라고 속으로 크게 외치면서.

그런데 이렇게 속도를 줄이는 이유가 또하나 있다. 고가도로

@siteandpage

위에서 굽어보는 통일로 일대 풍경들이 내가 자라온 유년기의 공간과 장소를 남김 없이 모두 담고 있기 때문이다. 생후 15년 달콤한 나의 인생이 이 고가도로에 오르면 한 편의 공간 드라마로 펼쳐진다. 고가도로 왼쪽 아래 어딘가 있을 내 생가와 내가 다녔던 독립문초등학교와 대신중학교, 그 뒤로 나를 길러내고 품어온 인왕산이 여전히 묵묵하게 자리한다. 고가도로에 밀려 자리를 옮긴 독립문하며, 엄마와 손잡고 장 보러 다니던 영천시장, 퇴근길 아빠를 무작정 기다리던 해질녘의 그 버스 정류장, 그리고 나 혼자 뛰어놀던 서울 성곽이 저멀리 산등성이를 감싸고 있다. 이 고가도로는 아찔하고 아련한 나의 희미한 기억들을 현재라는 시간 속에 선명하게 영사해준다.

한때 고가도로는 도시의 근대적 발전상을 보여주는 대표적인 공간이었다. 서울의 명물로 배호의 노래 〈돌아가는 삼각지〉에 등장했던 삼각지 고가도로하며, 패티김의 〈서울의 찬가〉 뮤직비디오 대미를 장식했던 삼일 고가도로가 우리가 가진 공동의 기억이었다. 그러나 2000년대 들어 고가도로는 개발 시대의 화려한 상징에서 친환경도시의 골칫거리로 전락해 계속 사라지고 있다. 고가도로 하부의 어둡고 슬럼화된 공간들을 없애고, 보행자 중심의 도시환경을 회복하기 위한 방편이다. 서울의 첫 고가도로인 아현 고가도로도, 홍제 고가도로도 이제 사라지고 없다. 서울 정책아카이브에 따르면 2002년부터 2014년까지 철거된 고가도로는 열일곱 개라고 한다. 얼마 전에는 서울역 고가도로가 '서울로 7017'이라는 이름 아래 공원으로 바뀌어 떠들썩했다. 몇 년째 업데이트를 안 한 내 차 내비게이션을 가끔 말벗 삼아 운전하다보면 자꾸 있지도 않은 고가도로를 타라고 해서 난처할 때가 있다.

보행 친화, 도시 경관, 친환경…… 모두 좋은 말이지만 독립문 고가도로는 그냥 놔두면 좋겠다. 지날 때 긴장감이야 여전하지만 이 고가도로를 해체한다면 내 유년의 기억도 해체되어 사라질 것만 같다. 만약, 정말 만약 독립문 고가도로가 해체될 운명을 맞아 그 전에 딱 하루 시간이 주어진다면, 나는 이 세상 모든 일을 다 제쳐두고 독립문 고가도로에 오를 것이다. 그리고 내 걸음의 속도에 맞춰 그곳이 비춰주는 유년기 마지막 기억들을 하나둘 가슴에 아로새길 것이다.

미용실과 이발소

맙소사…… 아홉 살 딸아이의 머리에서 머릿니가 발견됐다. 2017년 인공지능이 현실화되고, 도로에 자율주행차가 등장하는 이 마당에 근대기 화석 같은 녀석들이 어떻게 딸의 머리까지 들어올 수 있었단 말인가? 참빗에 걸려 떨어지는 녀석들을 두 눈으로 확인했을 때 뒷목을 따라 곤두서던 소스라침도 잠시, 아빠로서 느낀 민망함과 죄책감에 뭐라도 해야 했다. 일단 머리카락부터 자르기로 했다.

미용실을 찾아가 앞뒤 잴 것도 없이 단호하게 주문했다.

"최대한 짧게 잘라주세요."

"지금도 단발이라서 짧은데요?"

나는 다시 한번 절박함을 담아서 말했다.

"어쨌든 더 짧게, 최대한 짧게 잘라주세요!"

"그렇다고 남자 커트를 할 순 없잖아요!"

나는 속으로 '왜 안 되죠?'라며 항변했지만, 결국 타협안으로 급하게 찾아 보여준 사진이 배우 고준희의 머리였다.

딸아이의 머리카락이 바닥에 쌓이는 동안 나는 미용실이라는 공간에 대해 다시 생각해보았다. 보통 남녀를 구분 짓는 여러 스타일 가운데 가장 근본적인 신체상 차이를 만들어내는 곳이 바로 미용실이다. 더 정확히 말하면, 미용실은 다수가 이상적이라고 여기는 여성의 외모상과 사회적 이미지를 창출하는 곳이다. 지금은 사라졌지만, 오래전 미스코리아 수상소감에는 미용실 원장님에 대한 감사인사가 빠지지 않고 등장했다.

남자들의 미용실 출입이 일반화된 건 1980년대 중반 이후인 것 같다. 1983년 8월 23일자 동아일보에 "젊은 남성들의 미용실 출입이 잦아져 이발업계의 진정을 받고 시청에서 이것을 규제하려 했다"는, 지금으로선 황당한 기사가 눈에 띈다. 하지만 국어사전에선 여전히 미용실은 "주로 여성의 용모, 두발, 외모 따위를 단정하고 아름답게 해주는 것을 전문으로 하는 집", 이발소는 "주로 남자의 머리털을 깎아 다듬어주는 곳"으로 정의하고 있다. 주 이용객을 각각 여성과 남성으로 나눈 것이다. 게

다가 이발소는 '머리털' 운운하며 이용자를 동물처럼 정의하는 것에 반해, 미용실은 '두발을 아름답게'라는 고상한 표현으로 풀이하는 상황 자체가 시대착오적이다. 어쨌든 머리를 자른다는 하나의 행위가 남녀에게 다른 의식으로 수용되고, 결국 이것이 공간의 분화, 혹은 공간의 성 개념으로 진화한 것이다.

영화 〈효자동 이발사〉에서처럼 이발사가 흰 가운을 입고 있는 것도 남자에게 이발은 미용보다 위생의 개념이 더 강했기 때문 아니었을까? 이런 내 추측을 뒷받침하는 또다른 예로, 동네 목욕탕 어딜 가나 바늘과 실처럼 남탕에는 이발소가 붙어 있지만 여탕은 그렇지가 않다. 딸아이의 머리 길이를 두고 미용실에서 괜한 억지를 부리면서 정작 그 이유를 말하지 못했던 것 또한 미용실은 머리를 아름답게 매만지는 곳이기 때문이었다. 머릿니가 어쩌고저쩌고 하면 왠지 곧바로 내쫓기거나 격리될 것 같은 그 공간의 꾸며진 분위기. '머리털'을 다루는 이발소라면 넉넉히 받아줄 텐데.

이제 이발소가 많이 사라지고 있다. 간혹 오래된 동네에는 이발소가 표석처럼 남아 자리를 지키지만 남녀노소 모두를 고객으로 삼는 미용실에 경쟁이 될 리 없다. 사회적으로 남녀를 구분하는 관습이 사라지면서 많은 공간이 인수합병됐지만 여전히 이발소는 묵직하게 그 '남성성'을 지키고 있다. 그러니 이발소는 도시의 유물과도 같은 공간이다. 중고등학교 시절 5분이면 뚝딱 스포츠머리로 밀어주던 이발소가 아직도 있고, 우리 아버지는 지금도 그곳에서 5000원에 머리를 자르신다.

그러고 보니 미용실에 갈 때마다 느꼈던 정체불명의 불편함을 이제야 알겠다. 나처럼 머리를 깎는다는 행위를 미용도 위생도 아닌 어정쩡한 무언가로 인식하는 사람들에게 미용실은 내심 불편한 멋과 스타일을 강요받는 장소가 된다. 현란한 조명 속 돋보이는 인테리어, 한껏 멋부린 미용사들과 그들에게 몸을 맡긴 사람들, 그 속에서 내 초라한 행색을 비추는 사방의 거울.

불현듯 2대 8 가르마에 흰 가운을 입은 이발사가 맞이해주던 허름한 이발소가 그리워진다. 딸아이의 머릿니로 미용실을 찾아갔다 맞닥뜨린 불편한 기다림 속에서, 기억 어딘가 있을 이발소를 헤집어 찾아본다. 집으로 돌아와 머릿니 박멸 샴푸로 딸의 머리를 감기고, 드라이기로 머리를 말려주면서도 한참을 나는 그렇게 기억 속을 떠다녔다.

공항

2019년 2월 북미정상회담 소식이 연일 보도되고 있다. 김정은 위원장과 트럼프 대통령의 역사적 만남. 남북 관계와 국제 정세에 대한 낙관적 기대가 뭉게뭉게 피어오를 때쯤 난 또 쓸데없는 것에 관심이 간다. 베트남 하노이를 향해 가는 김정은의 특별 열차와 트럼프의 전용기. 왜 김정은 위원장은 60시간이 넘게 걸리는 기차를 선택하고, 트럼프 대통령은 비행기를 타고 왔을까? 트럼프는 태평양을 건너야 해서? 아니다. 바다를 건너지 않는 같은 대륙일지라도 트럼프는 비행기를 탔을 것이고, 바다를 건너야 했더라도 김정은은 해저 터널만 있다면 기차를 탔을 것이다. 미국에서는 비행기를, 북한에서는 기차를 타는 것이 좀

더 보편적인 이동 문화이기 때문이다. 근데 과연 나라면 열차와 비행기 중 무엇을 선택했을까?

알랭 드 보통의 『여행의 기술』에는 공항이라는 장소에 관한 이야기가 나온다. 그리고 스즈키 히로유키는 『현대건축을 보는 12가지 눈』이란 책에서 근대건축사를 이야기하며 렌초 피아노와 노먼 포스터 등 세계적인 건축가가 설계한 공항을 다루었다. 보통은 공항을 장소로 인식하며 여행자들이 느끼는 감정과 경험을 에세이로 풀어냈고, 히로유키는 공항을 건축으로 바라보고 기술과 미학의 관점에서 공간적 특징을 기술했다. 공항을 이용하는 사람과 만드는 사람, 이렇게 관점의 차이에 따라 같은 공간이지만 다른 이야기가 나온다.

커다란 공간을 만드는 구조 기술과 공항에 필요한 기능적 체계와 시스템. 그 동질성은 참으로 견고해 공항은 건축적으로 전 세계 어디를 가나 비슷한 편이다. "공항 이용은 편리하고 원활할지 몰라도, 쭉 이어진 긴 통로만 인상에 남게 되었다"고 스즈키는 말한다. 반대로 알랭 드 보통은 공항을 여행의 흥분을 자극하는 일종의 관문으로 보았다. 그는 보들레르처럼 여행을 위해 잠시 머무는 플랫폼의 편안함과 정서에 더 큰 매력을 느꼈고, 심지어 우울할 때는 공항 터미널 전망대에 가서 끊임없이 활주로를 뜨고 내리는 비행기를 보며 마음을 달랬다고 한다. 번

잡한 현실과 갈등을 내려놓고 어딘가로 떠나는 비행기를 계속 바라본 것이다.

공항은 이 책에 등장하는 여러 공간 중 아마 규모가 가장 큰 장소 아닐까? 그런 만큼 그곳은 온전히 독립된 세계와 영토를 이루고 있다. 먹고, 자고, 입고, 놀고, 쉬고, 사고, 웬만한 인간 세계 활동은 다 할 수 있는 곳이다. 영화 〈터미널〉에도 나왔듯 그곳은 어느 한 국가에 속하지 않는 국제적 공간으로, 입국 심사대를 통과하기 전까지는 무국적·무중력의 장소가 된다. 하지만 이런 무국적 공간은 역설적으로 국가라는 이념공동체와 그 체계가 만들어낸 유례없는 공간이다.

하지만 내게 공항이 특별한 이유는 따로 있다. 그건 공항 자체보다 비행기를 타야 하는 상황의 문제다. 버스나 기차, 여객선과 달리 비행기는 내게 전혀 이동의 흥분을 전해주지 못한다. 일단 비행기가 뜨고 나면 나는 하늘이라는 새하얀 도화지 속에 갇혀 10여 시간을 붕 떠 있다가 내려오고 만다. 그 몹쓸 고소공포증 때문에 창문은 아예 볼 생각조차 못한다. 서울 하늘이라고 더 잘생겼거나 파리의 하늘이라고 더 낭만적이거나 미국 하늘이라서 더 광활하진 않다. 내겐 그냥 모두 똑같은 하늘일 뿐이다. 그러니 경험적으로 공항은 이런 순간이동의 출발점인 셈이다. 경험과 인지 측면에서 출발한 공항과 도착한 공항만 남는다.

@kariyas

땅이나 물위로 이동할 때는 그때 보낸 시간과 마주한 순간의 기억과 풍경이 남는다. 이동하는 동안 창밖 풍경과 교감하며 내 좌표를 기억한다. 움직이는 지형과 굽은 길, 그 사이를 달리는 속도, 지역 특유의 고유한 냄새, 산 위에 걸린 구름과 그 틈을 비집고 내려오는 햇살, 곳곳의 마을이 이루는 풍경…… 하지만 비행은 바짝 얼어붙은 내 몸에 이런 경험을 전혀 밀어넣지 못한다. 일단 비행기를 타면 내리기 전까지 가벼운 공포와 두려움이 지속되는 가운데 때가 되면 기내식을 먹고, 스스로를 영화라는 가상공간 속에 강박적으로 몰아넣어 내가 떠 있다는 생각을 잊으려 한다.

공항에 도착하고 나서야 안도의 한숨과 함께 진짜 여행이 시작된다. 공항에서 여러 감정을 즐기고 그 시간을 만끽하는 사람들이 정말 부러울 뿐이다. 지금 내가 이렇게 구구절절 비행기와 공항에 관해 글을 쓰는 이유도 태국 방콕 휴가의 피날레를 즐기며 내일 아침 공항에 갈 생각을 하니 아쉽고, 비행기 탈 생각을 하니 답답한 마음이 들어서다. 결국 나의 결론은, 김정은처럼 2~3일 걸리더라도 나도 기차를 타고 한국으로 돌아가고 싶다.

지하주차장

나는 서른다섯 살에 처음 아파트살이를 시작했다. 그전까지는 단독주택, 빌라, 다세대주택에 살았다. 아파트로 이사온 후 몇몇 환경이 달라지기도 하고 새로 생기기도 했다. 지하주차장은 새로 생긴 쪽이었다. 처음에 나는 이곳이 좋지도 싫지도 않았다. 굳이 따진다면 51대 49로 싫은 쪽에 가까웠다. 그래서 한동안은 지하주차장에 들어가지 않고 몇 자리 되지 않는 지상에 차를 대기 위해 안간힘을 썼다. 쌓이는 먼지와 눈비를 모두 내 것인 양 묵묵히 감내하고, 계절마다 사우나와 냉장고를 오가는 승차감 차이를 당연한 것이라 여기면서. 놀이터에서 공놀이하는 아이들이 어쩌다 잘못 날리는 슛도 상시적 위협 요소였지만 그래도 지하주차장에는 들어가고 싶지 않았다. 그곳은 미처 파악할 수 없는 존재와 어둠이 똬리를 튼 공간이었다.

지하주차장은 그 기능과는 별개로 이미 우리 마음속에서 특정한 심리적 풍경을 구축하고 있다. 그것은 현실과 허구를 오가며 만들어진 살풍경이다. 영화와 드라마 속 지하주차장은 누군가를 납치하거나 해하는 곳, 이도 아니라면 뭔가에 쫓겨 숨거나 집단난투극이 벌어지는 공간이다. 이때 지하주차장은 무한 반복되는 그리드 속에서 출구 없는 위기의 공간으로 등장한다. 사랑이 꽃피는 따스하고 감미로운 주차장은 영화에서도 현실에서도 본 적이 없다.

주차장의 주인은 근본적으로 사람이 아닌 자동차라는 기계다. 그러니 지하주차장은 공간이라기보다 하나의 거대한 기계 시스템이라고 보아야 맞다. 자동차를 빈자리에 쏙쏙 잘 넣어 정리하기 위한 기계 체계. 이 시스템 속에서 쭉 늘어선 수백 대의 차는 일종의 불안과 공포를 야기한다. 지나치게 소심하고 간이 작은 사람이라서 느끼는 나만의 감정일까?

이사오고 1년쯤 지난 뒤에야 나는 지하주차장에 차를 대기 시작했다. 그러던 어느 날 내가 인식해온 것과는 전혀 맞지 않는 뜻밖의 모습을 지하주차장에서 마주했다. 내 차 쪽으로 걸어가고 있는데, 저 멀리서 후드티에 모자까지 덮어쓴 건장한 남자가 내 쪽으로 뛰어오는 것이었다. 5초 남짓 그 짧은 순간에 앞에서 열거한 온갖 좋지 않은 상황이 마구 머릿속에 그려지고, 마음은 바람 빠진 풍선처럼 순식간에 쪼그라들었다. 사과만큼이나 작고 푸석푸석한 내 주먹을 주머니 속에서 나도 모르게 꽉 움켜쥐던 찰나, 그는 아무 일 없다는 듯 내 앞을 쓱 지나 뛰어갔다. 내가 혼미해진 정신을 챙겨 차에 올라 시동을 걸고 주차장을 빠져나갈 때까지 그의 뜀박질은 계속됐다. 밖에 나와 돌이켜보니, 그는 비 내리는 날 넓은 지하주차장을 트랙 삼아 조깅하던 중이었다. 나는 헛헛한 미소를 짓고 말았다.

더 신기한 건 그다음이었다. 그 남자를 이후에도 일주일에 두세 번은 꼭 지하주차장에서 마주치는 것이었다. 물론 그는 계속 지하주차장을 맴돌며 뛰고 있었고, 바깥은 화창한 봄볕이 그득했다. 비가 오거나 궂은 날씨가 아니어도 그는 지하주차장을 계속 뱅글뱅글 뛰고 있었다. 멀쩡한 산책로와 공원을 밖에 두고 지하주차장을 고집하는 그의 심리를 나는 도저히 이해할 수 없었지만, 이후로 지하주차장에 대한 나의 편견이 조금 누그러진 것은 사실이다.

그렇다고 이제 지하주차장에 적응해 편안해졌다는 건 절대 아니다. 지금도 마트나 쇼핑몰 대형 지하주차장에 가면 내 마음은 불편-불만-불안 사이를 이리저리 오간다. 구불구불한 서울

산동네에서 태어나 규칙적인 그리드라고는 공책과 원고지 말고 실생활에서 접해본 적이 없는, 그야말로 자연발생적인 무규칙 탈그리드 공간에서 자라온 나였다. 그러니 주차장처럼 균질하고 거대한 그리드의 세계를 만나면 나의 방향감각과 지시등에 고장이 난다. 주변 지형의 특색과 차이 대신 숫자로 자신의 위치를 확인해야 하는 지하주차장은 내게 마치 에셔의 판화 같은 무한순환의 미로와 같다. 차에서 내릴 때는 자신만만히 숫자를 노려보지만, 다시 차를 찾으러 지하주차장에 내려왔을 땐 알파벳 하나와 두 자리 숫자가 왜 새하얗게 지워져 있는 걸까? 지하주차장에 작은 인공 산이나 하천이라도 하나 만들어주면 나는 눈감고도 내 차를 찾아갈 수 있을 텐데……

이제 아파트든 쇼핑몰이든 정문으로 걸어들어오는 사람보다 지하주차장을 거쳐 올라오는 사람이 더 많다. 그러니 이제 지하주차장도 좀더 아름다워져야 하는 것 아닐까? 그리고 쇼핑몰, 구청, 미술관, 아파트 등 건물은 성격에 따라 모양이나 내부 분위기가 저마다 다른데, 왜 지하주차장은 하나같이 다 똑같을까? 미술관다운 지하주차장, 공공기관다운 지하주차장, 공동주택다운 지하주차장을 생각해보면 좋겠다. 건물을 짓고 꾸밀 때 정문과 현관 로비에 얼마나 많은 돈과 노력을 들이는가. 이런 노력의 절반이라도 지하주차장에 들인다면 우리 일상이 달라질 텐데.

지하철

오늘도 내 루틴의 시작을 알리듯 구파발역에 빈 열차가 들어온다. 문이 열리자 밀려들어온 승객들로 좌석은 삽시간에 채워진다. 나도 운 좋게 한 자리 차지했다. 안내방송 후 문이 닫히고 서서히 출발하는 열차. 승강장을 빠져나와 터널의 긴 어둠 속을 파고들어간다. 이때쯤이면 사람들은 저마다 뭔가를 하기 시작한다. 지난밤 부족했던 수면을 보충하든가, 스마트폰으로 무언가 보고 듣든가, 문자를 보내거나 게임을 한다. 간혹 책을 보거나 공부하는 사람도 있다. 어디쯤인지도 모를 이 땅밑 시간을 사람들은 체념과 상념으로 버텨낸다. 그러면 나는 무엇을 할까? 나는 그들을 관찰한다.

눈을 번쩍 뜬 채 나와 관계없는 사람들의 생김새와 차림새를 조목조목 엿보곤 한다. 그들이 신고 나온 신발 하나, 그 안에 감춰진 양말의 문양과 스타일, 매만지는 머리 모양과 옷깃 하나에도 그 사람의 취향과 생활이 묻어난다.

지하철은 모르는 사람을 정면으로 마주볼 수 있는 진열장 같은 공간이다. 게다가 모든 종류의 사람을 빠짐없이 빼곡히 모아놓는다. 수도권을 그물망처럼 연결하는 지하철은 서로 다른 지리와 문화, 형편에 처한 각양각색의 사람을 빠르게 한데 섞어놓는다. 서울은 세계에서 두번째로 지하철 이용량이 많은 도시라고 한다. 내가 하루에 지하철에서 마주치는 사람이 도대체 몇 명이나 될까? 한번은 이런 바보 같은 호기심이 들어 출근길에 사람들을 세어본 적이 있는데, 400명쯤 가서 포기하고 말았다. 왜냐하면 환승역에서 나를 앞지르고 밀려오는 사람들을 인간의 셈으로는 도저히 파악할 수 없었기 때문이다.

그러니까 속칭 '○○남' '○○녀' '○○충'까지 사람들이 수군대며 만들어낸 온갖 인간상이 지하철에 다 모인다. 이렇게 나와 무관한 평범하고도 특이한 사람들을 뚫어져라 쳐다보고 관찰하는 일은 생각보다 깊은 호기심을 자극한다. 오늘은 맞은편 좌석에 남자 넷 여자 셋이 앉았다. 나이는 대략 고등학생과 20~30대, 그리고 60대쯤이다.

@gloomy_pierrot

'남자 1. 캐주얼한 청바지에 뉴발란스 운동화…… 딱 봐도 실용주의자네.'

'남자 2. 흠…… 모범생이신가? 공부하느라 신경 못 쓴 헤어스타일에 안경하며……'

'여자 1. 저 사람은 옷맵시가 디자인 분야에 종사하는 것 같은데?'

'남자 3. 뭐야, 내 신발이랑 같은 거잖아? 오늘 저 신발 안 신길 잘했네. 그나저나 왜 이렇게 다리를 떠는 거야. 오늘 무슨 일이 있나?'

'여자 2. 머리에 엄청 신경 쓴 걸 보니 오늘 특별한 이벤트가 있는 게 분명해! 사귄 지 얼마 안 된 남자친구를 만나러 가는 길인가?'

'여자 3. 빨간 재킷에 반듯한 운동화, 가벼운 피곤에 가만히 감은 눈…… 아이를 키우며 성실한 삶을 살고 계신 분 같다. 오후에 일하러 나가시나?'

우연히도 여자 3이 나와 같은 역에 내려 같은 방향으로 걸었다. 내가 상상한 게 정말일까? 어쩜 그럴지도. 그녀가 대형 마트 쪽 출구로 나가는 것을 보고 난 내 길을 갔다.

사람들의 직업과 성격, 인생 가치관, 그날의 기분 상태 등 나는 타인의 삶에 허락 없이 들어갔다 나온다. 무단출입을 일삼는 나의 몽상이 지하철 객차 이곳저곳을 자유롭게 유영하며 눈에 들어온 사람에게 엉겨붙는다. 그렇다고 내가 사람들을 첫인상으로 쉽게 판단해버리는 그런 사람은 아니다. 드러난 모습과 전형을 통한 짐작만으로 결코 다 알 수 없는 존재가 인간임을 알기에. 그럼에도 지하철에서 이런 상상에 빠지는 건 순전히 나와 다른 삶을 살아가는 인간들에 대한 존중과 우주적 호기심 때문이다. 이 드넓은 세상과 우주의 중심은 언제나 '나'다. 이 '나'라는 자아가 주변에 수천, 수만 개 있고, 내가 그들과 공간적·시간적으로 늘 마주치며 함께 살아간다는 것은 정말 경이로운 일이다.

모르는 사람들과 얼굴을 면 대 면으로 마주할 수 있는 우리 사회의 규범화된 거리는 왕복 2차선 도로를 사이에 두고 신호등을 기다릴 때의 간격이다. 하지만 지하철 안에서는 이보다 훨씬 가까운 접근과 합법적 마주봄이 허용된다. 이 외로운 도시에 이런 공간은 없다.

하지만 요즘은 사람들에게 둘러싸인 지하철 안에서 오히려 외로움을 느낀다. 지하철이 꽉 찬 진공 상태가 되었다. 그들을 뜯어보고 관찰하는 나, 그러나 정작 이런 나를 바라보는 사람은 없다. 그들은 대부분 좁은 스마트폰 화면에 얼굴을 묻거나 시선을 뺏겨 나를 볼 줄 모른다. 예전에는 이렇게 노상관찰학회 회

원처럼 지하철에서 사람들을 살피다 서로 눈이 마주쳐 무안하거나 오해하던 때가 있었는데, 지금은 그럴 일이 전혀 없다. 소설가 구보 씨가 군중으로 가득찬 서울역 대합실에서 외로움을 느꼈듯 나의 노상관찰은 요즘 외로움을 동반한다.

지하철은 비장소화의 표상이다. 그 바깥세상이 어떤 풍경과 냄새를 가졌는지와 상관없이 비슷한 역과 승강장을 계속 오간다. 대도시의 상징처럼 여겨지는 지하철은 물리적으로는 낭만과 판타지가 없는, 어디건 그 장소의 고유성보다는 균질성이 지배하는 장소다. 더없이 무료하고 지루한 것들이 이어진다. 그래서 더더욱 나는 그 안에 갇혀 사람들을 관찰하고, 계속 내게 묻고 답하는 혼자만의 대화를 이어가는 것이다. 어딘가에 있을지 모를 나를 향한 시선이 그립다.

길

경기도 장흥으로 이사온 후 나는 매일 아침 내 차를 타고 사무실에 나간다. 일단 사무실 주차장에 차를 대고, 필요하면 지하철이나 버스를 이용해 다른 장소로 이동한다. 그렇게 서울의 3호선 구파발역과 장흥을 잇는 일영로를 나는 아침저녁으로 지나다닌다. 거리는 대략 7킬로미터 되는데 차로 운전해서 가면 15분 정도 걸린다. 나는 최대한 느린 속도로 이 길의 교외 풍경을 즐기며 하루를 다짐하고, 일과를 마무리한다.

그런데 일영로에서 거의 서울에 다다를 즈음 매일같이 마주치는 아저씨가 있다. 50대 후반쯤으로 보이는 그는 낡은 자전거를 타고 4차선 도로 한쪽에서 열심히 페달을 밟아 서울을 향해 가는데, 계속 똑같은 시간에 비슷한 위치에서 마주치니 자연스레 관심이 생겼다. 처음에는 나처럼 유유자적 풍경을 즐기고 운동 삼아 자전거로 출근하는 사람이겠거니 스쳐 흘리듯 생각했다. 그러다가 어느 날 평소보다 한 시간 정도 일찍 나서 집 근처에서 신호 대기중인데 그가 내 앞을 지나갔다. 헉! 나는 그가 서울 인근에 살면서 가볍게 1~2킬로미터쯤 이동하는 줄 알았는데, 알고 보니 우리 동네를 지나 서울로 가는 것이었다. 나는 그의 모습을 다시 살폈다.

낡은 자전거 위에서 그는 허리를 앞으로 푹 숙이고, 양쪽 다리는 마름모처럼 벌린 상태로 항상 있는 힘껏 페달을 밟는다. 남루한 차림새와 자전거 상태로 볼 때 형편이 썩 좋아 보이지는 않는다. 한겨울에도 자전거를 타기 위해 두꺼운 옷을 겹겹이 입고, 늘 귀까지 푹 내려오는 방한용 털모자를 쓰고, 도로의 매연을 막으려고 커다란 마스크를 쓰고 있다. 그래서 난 그의 얼굴을 한 번도 본 적이 없다. 가끔 추운 겨울에는 바람을 막으려고 검은 봉지를 핸들과 손에 끼우고 달린다. 그리고 무엇보다 그는 자전거를 정말 최선을 다해 열심히 탄다. 여유롭게 페달을 밟거나 잠시라도 고개를 돌려 주변을 바라보는 일이 절대 없다. 심지어 한겨울 차갑게 얼어붙은 도로 위를 달리고, 한여름 끓어오르는 아스팔트 도로를 질주한다. 서울을 향하는 일영로에는 큰

@kariyas

언덕이 두 개 있는데, 그중 하나는 내 차 엔진도 RPM이 올라갈 만큼 가파르고 길다. 나더러 자전거로 이 언덕을 오르라고 한다면 나는 아마 3부 능선쯤부터 자전거를 끌고 걸어가야 할 판이다. 이 언덕에서도 그는 다리를 마름모꼴로 쫙 벌리고 허리를 ㄱ자로 숙인 채 한 번도 쉬지 않고 다리를 굴린다. 나는 그가 길에서 쉬고 있는 모습을 한 번도 본 적이 없다.

추측하건대, 그가 그렇게 자전거를 타는 건 순전히 버스비를 아끼기 위해서인 것 같다. 하루에 두 번 집과 일터를 오가는 버스비를 아끼려고 그는 매일 자전거를 타는 게 아닐까. 그의 행색과 자전거 상태, 특히 그가 자전거를 타는 모습을 보면 절대로 주변을 감상하거나 운동을 하려는 목적이 아님을 알 수 있다. 감상이나 운동을 위해서라면 이토록 치열할 수 없다. 가끔 야근하고 집으로 돌아가는 밤 열시쯤, 주변에 건물도 가로등도 없이 칠흑 같은 어둠이 동굴처럼 쭉 이어지는 일영로 저 멀리 내 차 헤드라이트 속에 자전거를 탄 그의 실루엣이 들어온다. 이토록 무거운 어둠을 뚫고 힘들게 언덕을 오르는 삶은 어떠할까? 무엇을 위해 그는 버스를 마다하고 길 위에서 홀로 이토록 치열하게 자전거를 타는 것일까?

불쑥 치밀어오르는 그에 대한 동정과 연민을 다시 꾹 집어삼키니 다른 생각이 든다. 운전석에 앉아 발짓 몇 번 손놀림 몇 번으로 편안하게 집에 도착하는 내가 과연 그를 이해할 수 있을까? 늦은 밤 일영로에서 그를 만나 스스로에게 질문한다. 과연 나는 그만큼이나 나의 삶에 충실하며, 주어진 조건 속에서 치열하게 살고 있는가? 있고 없고, 많고 적고, 잘살고 못살고를 떠나 각자에게 주어진 여건 속에서 나는 내 삶에 얼마나 치열하고 성실하게 응하고 있을까? 뭐라고 변명하더라도 길 위에서 그를 만나면 나는 숙연해진다. 이건 그에 대한 동정과 연민이 아니다. 길에서 만난 이름 모를 그를 통해 이르게 되는 나의 삶, 나 자신에 대한 성찰이다.

모든 장소의 기억

초판 인쇄 2021년 4월 2일
초판 발행 2021년 4월 13일

지은이 박성진

기획·책임편집 구민정 | 편집 이현미
디자인 윤종윤 신선아 최미영 | 마케팅 정민호 양서연 박지영 안남영
홍보 김희숙 김상만 함유지 김현지 이소정 이미희 박지원
제작 강신은 김동욱 임현식 | 제작처 상지사

펴낸곳 (주)문학동네 | 펴낸이 염현숙
출판등록 1993년 10월 22일 제406-2003-000045호
주소 10881 경기도 파주시 회동길 210
전자우편 editor@munhak.com | 대표전화 031) 955-8888 | 팩스 031) 955-8855
문의전화 031) 955-2655(마케팅) 031) 955-2671(편집)
문학동네카페 http://cafe.naver.com/mhdn | 트위터 @munhakdongne
북클럽문학동네 http://bookclubmunhak.com

ISBN 978-89-546-7856-8 03810